第五十六震洋隊隊員有志＋木村禮子＋上田恵之助

# 海軍水上特攻隊　震洋

## 三浦市松輪にあった第五十六震洋隊岩館部隊の記録

元就出版社

航走中の５型震洋艇（搭乗員２名）

丸太乗り切り実験中の５型震洋艇（大湊）

岩舘部隊搭乗員

# 序　文

震洋会会長　上田（かみだ）恵之助

平成十四年六月、私は未知の方から一通の手紙をいただきました。その文面によりますと、今から五十八年前、第二次大戦（太平洋戦争）に投入された「海軍水上特別攻撃隊第五十六震洋隊」についての、出版相談依頼でした。なぜ今、特別攻撃隊に関する出版なのか疑問に感じました。また、なぜ私に相談されるのか。それでも読むうちに次第に出版の意図と、私との関わりがわかりました。

未知の方とは本書の編者で、戦前から軍都横須賀にお住まいになり、戦後は永年、青少年の教育育成に携（たずさ）われた、木村禮子さんその人でした。

編者と震洋隊との最初の出会いは、三浦地蔵尊三十三霊所御開帳に合わせて、三浦半島松輪の福泉寺を訪れたとき、ご住職からこのお寺が、戦時中、海軍水上特攻隊第五十六震洋隊の基地本部だったと聞かされたときだったそうです。確かに門前に鎮座まします六地蔵尊には、私も記憶があります。

次に出版の決意をされたきっかけは、巻頭にあるように「えー、知らなかった。水上特攻隊なんていうものがあったなんて……」。話をすると、ほとんどの人がそういう特攻隊のあったことを知らなかったことに関係があるようです。

そして、私に手紙を出された理由も判明しました。平成十年、私が戦時中勤務した第十一突撃隊所属の二個部隊に関する戦争の記録を残す意味で、戦後収録した手許の資料を纏（まと）めて、二冊各三部あて作成し、またその中の第五十六震洋隊の一冊を、平成十五年四月に他界された千代田松輪の会発起人・薄井甚一氏に贈りました。その後、薄井氏が福泉寺御住職に、寺の歴史の一部にと考えて贈られたのでしょう。それがたまたま千代田松輪の会年次法要に参加された木村さんの目にとまり、私の名前をお知りいただいたのでしょう。

戦後、特攻隊に関して、真実を理解して著述された方々からのお問い合わせには、私は所有する全ての資料を提供し、協力してまいりました。このたびの木村さんの熱意と真摯（しんし）な態度には、震洋隊の一員として感激のほかございません。感激のあまり身の程もわきまえず、序文まで引き受け汗顔のいたりです。私もお受けした責任上、「震洋」について聊（いささ）かの説明をして、序文を終わらせていただきます。

震洋は当初、「㊃艇（マル四艇）」と呼ばれました。太平洋戦争中、海軍が採用した唯一の水上特攻艇です。この特攻艇は艇首に二百五十キロの爆装をした木造合板製（ベニヤ板）の高速ボートで、敵の揚陸部隊が上陸点に侵入する前後に、夜陰に乗じ集団をもって奇襲し、体当たり攻撃により船舶を撃沈するものでした。

その採用の背景には、海軍の中において魚雷艇建造の行き詰まりと、各地における日本軍守備部隊玉砕の戦訓がありました。

昭和十九年四月、軍令部総長は海軍大臣に対し、「㊀から㊈」までの九項目からなる特殊兵器の実験製造を提案しました。この提案の中で一人乗りの爆装高速艇は、㊃舷外機付衝撃艇として提示されました。艦政本部で慎重な検討の結果、㊃は㊅（正式名、回天）と共に採用され、直ちに試作に取りかかり、五月二十七日に試作艇が完成し、試運転が実施されました。震洋艇の要目及び三面図等は、本文中に記載されています。

編成された震洋隊百十四個部隊（一型改一＝六十八個部隊・五型＝四十六個部隊）、戦死二千五百四十七名（平成二年五月現在）。以上、簡単な説明ですが、今回は第五十六震洋隊の隊史のため、詳細は省略させていただきます。

終わりに際し、時の流れに風化されつつある、「震洋特別攻撃隊」の存在を採り上げられた編者に対し、満腔の感謝を捧げて筆を措（お）きます。

（元第二十七震洋隊・部隊長代理）

# はじめにかえて――

「エー、知らなかった。水上特攻隊なんていうものがあったなんて……」。話をすると、ほとんどの人がそういう特攻隊のあったことを知りませんでした。かつて東洋一の軍港を誇った横須賀市の住人たちが、すぐ隣の三浦市松輪にその基地があったことを……。

私自身、海軍の人たちに囲まれて育ったのに、このことを知ったのはつい最近、平成十一年に三浦地蔵尊三十三霊所御開帳に合わせて三浦半島を歩こうと思い立ったのがきっかけで、訪れた松輪の福泉寺さんの和尚さまから、このお寺が水上特攻隊の基地本部だったとお聞きしたのです。まるで電気が身体中を突き抜けていくような衝撃を受けました。

その年の六月に、年一度集まって法要をされる元隊員の方々とお目にかかり、お話をお聴(き)きしました。

終戦の年、昭和二十年六月、水上特攻隊第五十六震洋隊が今の三浦市松輪の福泉寺を本部にして江奈湾を基地に編成されました。もう飛行機も、人間魚雷として知られた水中特攻隊の艇も、造る材料がなくなり、その後に出来た水上特攻艇はベニヤ板で、燃料はガソリンが無いので、エタノール・アルコールを用いたそうです。

艇の頭に火薬を詰め、出撃したら二度と戻れない。自分の身体を弾丸にして敵艦に体当たりするための、毎日死と向き合っての訓練を、十六、七歳（今の高校二年生ごろ）の少年たちがしていたのです。

私が知り、また感じ取っていたその頃の戦争状況は厳しいものでした。

ミッドウェー海戦では、戦果を上げたという大本営発表が報道され、華々しくニュース映画にもなりましたが、無事に一時入港して訪れてくれたS兵曹の話では、「空は蜂の大群が真っ黒になって襲いかかるように、敵機が隙間なく攻撃してくる。自分の乗っている駆逐艦は身軽だから左右に動き回れるが、巡洋艦は大きいからどうすることもできず、集中砲火を浴びて沈んだんだ」。

その巡洋艦には、S兵曹と同期で仲良しであり、私を本当の妹のように可愛がってくれたK兵曹が乗っていました。そして戦後になって、このミッドウェーの海戦は大敗北だったと、年表等に記載されました。

東京・横浜の大空襲がありました。空襲があっても防空壕に入らず見ていた私たちの前方を、B29が銀色に光りながら低くゆっくりと飛んで行くのを見ました。高射砲の炸裂する光も見えず、静かな中を黙りかねたようにたった一機、小さい戦闘機がまっすぐ大きな敵機に向かって飛び上がっていきましたが、中途で機銃掃射を受け、黒煙を引き、やがて火達磨（ひだるま）になって落ちていきました。

私たちは唇を嚙み締め、その戦闘機に手を合わせました。まもなく遠く山の向こう横浜か川崎方面に、広い範囲で黒煙が上がりました。

学徒勤労動員で浦賀ドックに行きましたが、二十年一月ごろからは造るものがなくなり、工場内は閑散としていました。

敵戦闘機が爆弾を汐入駅に落とし損なって、横の汐入国民学校の校舎片隅に落としたり、海軍工廠の海に落としたり、警戒警報のうちに敵機の機銃掃射を浴びたりするなどいろいろありました。

相模湾や九十九里浜の沖遥かに敵の軍艦の姿が見え、敵前上陸をしてくる恐れのあることも噂で聞きました。私が平塚の青年師範学校で機銃掃射を受けたり、下宿が焼けたりした頃に、少年飛行兵たちによる水上特攻隊が編成されたのです。

出撃命令を受け、江奈湾基地に整列した搭乗員たちが水盃（みずさかずき）を交わし、四艇隊中第三艇隊から出撃。エンジンをかけ、「出撃！」の命令が出たら瞬時にという時、転げるようにして駆け込んできた本部伝令の出撃停止命令！

が、その二日前、同じ三浦の小網代湾にある基地では、特別指令で出た三隻の艇が、敵機の襲撃に会い沈んだとのこと。隊員たちの心はいかばかりか、察するに余りあります。

第五十六震洋隊全員は、無事故郷に帰還できました。しかし、「自分たちは兵器の一部品だった」。そう語るかつての搭乗員の方たちも、今は七十代になられました。思春期から青春期に移ろうとしている純真で未来への夢を描いていた少年たちが、前途ある人生を安易に捨てねばならなかった。これが戦争なのだろうか。

水上特攻隊のあったことを、どうしても多くの方に知っていただきたい。口重く渋る元隊員の方々を、やっと二年越しで説得して、本を出すことのお許しを得て執筆していただき、語っていただきました。

心強かったのは、当時第五十六震洋隊にも所属していらした現在震洋会会長の上田恵之助氏から資料をお借りし、いろいろと教えていただいたことで、それでなかったら水上特攻隊や震洋のことは分からず、本を作りかねました。

また、搭乗員宿舎だった民家の方々からも、ご両親からお聞きしていたことや、小さい頃に見ていた少年隊員の思い出などを語っていただきました。その頃、赤ちゃんだった福泉寺の和尚さんからは、毎年集まってこられる隊員の方々からのお話をお聞きしました。

とても十分には表わせませんが、多くの方々のお力をいただいて、出来るだけ正確に、記録の一つとして纏める努力をしたつもりでございます。

未来の日本や世界を支える少年、青年たちが二度と「人間兵器」や「兵器の一部品」のような戦略に組み込まれぬように、国を守り愛する人を守りつつも、銃を持って人を殺さず、また殺されず、世界の平和を大切にするにはどうしたら良いのか。一人でも多くの方々にお読みいただき、お考えいただきたく存じます。

二〇〇四年（平成十六年）四月

木村　禮子

海軍水上特攻隊　震洋——目次

# 海軍水上特攻隊　震洋

## ――三浦市松輪にあった第五十六震洋隊岩館部隊の記録

# 暗雲漂う日本から太平洋戦争へ

## ——年表を辿りつつ——

一九四五年（昭和二十年）六月に十六、七歳の少年搭乗員たちをはじめ、若い青年士官たちによる、水上特攻隊震洋第五十六部隊が編成され、三浦郡（現在の三浦市）松輪に本部を置き、江奈湾に配属されて二ヵ月後に敗戦を迎えた。

年表によると、日本はすでに一九三五年（昭和十年、編者が小学校に入学した）以前から事変という戦争に入り、戦争は次第に拡大して太平洋戦争になり、私の学生生活の間に敗戦という終結を迎えた。

二〇〇一年以後の年表は、こうした日本の状況を目まぐるしく緊迫した政治の動きで表わしている。その中から幾つかの事柄を拾い出しつつ、私の幼女・少女時代の経験を絡（から）めて書いてみることで、どんな状況下の中で、この特攻隊が編成されたかを知りたいと思った。

## ＊暗雲漂う日本

一九三一年（昭和六年）

九月　　　満州事変勃発

一九三二年（昭和七年）

三月　　　満州建国

五月　十五日　犬養毅首相暗殺

一九三三年（昭和八年）

三月二十七日　政府、国際連盟脱退

九月　十五日　閣議で不穏思想取締具体案を決定

一九三四年（昭和九年）

四月二十五日　司法省に思想検事

六月　一日　文部省に思想局設置

十月　一日　陸軍省は「国防の本義とその強化の提唱」を発行（広義の国防を主張）

一九三六年（昭和十一年）

二月二十六日　二・二六事件

二十七日　東京市戒厳令布告

＊私の家は母が海軍兵士の下宿をしていた。二十七日の朝だったろうか。下士官と水兵の二人が来て、白襷（しろだすき）を十字に肩に掛け、鉄砲を左手に持ち、不動の姿勢で敬礼すると、「陸軍が反乱を起こしたので、海

軍が皇居を守るために出動します。したがって、これからの上陸はしばらくありませんからお知らせに参りました。皆からもよろしくとのことです」というようなことを言って敬礼すると出ていった。

（大変なことが起こった。陸軍と海軍が戦争になる。同じ日本人が戦う。嫌だなあ）と思ったことが、今も鮮明にその時の情景と共に思い出される。それからの私は、小さいながら重苦しいものが心から離れなかった。

五月　十二日　蒙古の徳王は関東軍の援助をうけ、内蒙軍政府を組織

十一月二十五日　日独防共協定

一九三七年（昭和十二年）

七月　七日　蘆溝橋事件（日中戦争の発端となる。当時は日支事変といった）

十一日　蘆溝橋事件現地協定成立

＊しかし、戦争に突入してしまい、その後、日本はどんどん暗黒の中に突き進んで行った。

十月　六日　国際連盟総会。日華紛争に関し、日本の行動は九ヵ国条約・不戦条約違反との決議を採択

＊小学校二年の時だった。職員室で担任の戸川先生と笑いながら話し

ていらした萩原先生が、それから間もなく中支に応召で征（い）かれ、戦死をされた。戦死という言葉を身近に感じた最初だった。

「満州はとても寒いんだよ。僕の従兄弟（いとこ）の手紙にあったけれど、便所に行くと金槌（かなずち）が置いてある。用を足すそばから凍ってしまうから、上に突き出ている。それを金槌で砕いてから、用を足すんだ」戸川先生のお話は、強く印象に残った。

小学校三年頃から、幼子（おさなご）の手をとりながら、隣組の人たちに見送られて出征する人たちの姿を見るようになった。千人針を作り出したのも、この頃だったろうか。

そして、海軍工機学校練習生の指定下宿をしていた私の家からも、卒業した人たちの中から戦死者が出た。もの静かでやさしい桐生の呉服問屋の若主人だった。

一九三八年（昭和十三年）

十二月　三十日　汪兆銘、対日和平声明

一九三九年（昭和十四年）

二月二十一日　汪兆銘派の高宗武が日中和平案を携帯して長崎着

五月　十二日　ノモンハン事件の発端起こる

八月　二十日　ノモハンでソ連・外蒙軍により日本第二十三師団全滅的損害
八月二十三日　独ソ不可侵条約
九月　十五日　ノモハン事件停戦協定成立
九月　十八日　駐独大使、ドイツに協定違反と抗議する

一九四〇年（昭和十五年）
九月二十七日　日独伊三国同盟調印

＊五、六年生の頃だろうか。坂上に陸軍重砲兵連隊がある坂本町の、軍馬と一緒でさえ大変な急な坂を、重い大砲を陸軍兵十人ほどが綱で引っ張り、後ろから押し上げている。その重砲の上に白布で包まれた小箱が載っているのを見つけたが、後でそれが白木の箱だと気がついた。その情景も何度か見るようになった。

不入斗町にある陸軍病院に、傷病兵を見舞いに行ったりした。

ある夜、ふと目を覚ますと、開いている隣の部屋で、いつもは賑やかにお茶を飲んでいるはずの練習生たちの様子が違う。部屋の形に中を向いて座っている七、八人の中で、一人横に寝転んで、小さい子供が駄々を捏ねるように足擦りしながら、「戦争になんて行きたくないよお。死ぬのは嫌だよお」と泣いている。母も兵曹長も、他の練習生

たちもみんな黙って下を向いている。誰だって戦争に行きたくない。死にたくなんかないんだ。でも行かねばならないんだ。小学生の私にだって分かる。胸が痛くなる思いで見ていた。

この時の練習生は、みな十七、八歳の少年だったろうか。こんなところを憲兵に聞かれでもしたら大変なのだが、幸い私の家は長年、指定下宿をしていて信用もあり、また近所も海軍の下士官の家ばかりなのでよかった、といま胸を撫で下ろしている。憲兵や警察は、小さい時から本当に怖かった。言論の自由な今が嬉しい。



## ＊太平洋戦争と日本敗戦

一九四一年（昭和十六年）
四月　十三日　日ソ中立条約、モスクワで調印
八月　一日　米国、日本への石油輸出全面停止
＊その後、ＡＢＣＤ四ヵ国の経済包囲網が新聞紙上に頻繁に載りだす。年表によると、その後の大本営の動きは、急激に緊迫感を漂わせている。

十二月　八日　太平洋戦争開始。対米英宣戦布告。ハワイ真珠湾奇襲空襲。海軍特殊潜航艇、米国を驚かす

十二月　十日　マレー沖海戦、英国戦艦二隻撃沈

一九四二年（昭和十七年）

一月　二日　マニラ占領

二月　十五日　シンガポールの英軍降伏

三月　八日　インドネシアのラングーンを占領

四月　十八日　航空母艦発進の米陸軍機十六機、東京・横須賀・名古屋・神戸初空襲

五月　一日　ビルマのマンダレー占領

五月　七日　コレヒドール島の米軍降伏（捕虜三万五千人。バターン＝死の行進）

六月　五日　ミッドウェー海戦。大本営発表（十日午後三時三十分）「一、ミッドウ

～七日　ェー方面　米空母二隻撃沈、飛行機百二十機撃墜、重要軍事施設爆砕。二、ダッチハーバー方面　飛行機十四機撃墜破、大型輸送船一隻撃沈、重油槽群二ヵ所、大格納庫一棟爆破炎上。三、我が方の損害は空母一隻喪失、同一隻大破、巡洋艦一隻大破、未帰還機三十五機」（六月一日朝日新聞縮刷版を参考）

＊その後の新聞でも「ミッドウェーの戦果拡大、米の宣伝を粉砕、わ

が戦果を世界に厳示」などあり、ニュース映画では壮絶な戦い振りが映されたりして、一般では、この海戦を敗色濃しと感じる人は多くはなかっただろう。私もそうだった。

しかし、その時、駆逐艦に乗っていて無事に帰って来たS兵曹からその戦況を聞いたのによると、「敵機がまるで蜂の大群が押し寄せてきたように、空が暗くなるほど密集して攻撃してくる。とても艦からの対空砲火では、どうしようもない。日本の飛行機の姿は見えない。ただ逃げ回るほかない。駆逐艦は小さくて小回りが利くから敏捷に動けるが、巡洋艦は大きくて重いから、どうしても集中砲火を浴びてしまう。残念だけれども救えなかった」。「その艦にK兵曹が乗っていたのよ」と言うと、同期で仲の良かったS兵曹は、唇を噛み締めて悔やしがった。

このS兵曹は二回も海に投げ出されたが、運強く帰ってこられた。そのたびに必ず私の家が憩(いこ)いの場であり、私にとってはK兵曹と同じく兄のような存在だったが、この後、戦局厳しく訪れがなく、それは終戦後何年たっても、その姿を見ることは出来なかった。他のいつも訪れてくれる人たちも戦後、見ることはなかった。

戦局あわただしく逆転していく。『読める年表』（自由国民社）の記録では、「このミッドウェー海戦で我が航空母艦四隻、重巡洋艦一隻沈没、飛行機三二二、兵員三五〇〇喪失。これで戦局は敗戦へと変わった」と書かれてあった。大本営発表が信用できないものだったとは。

八月　　七日　米軍、ガダルカナル島上陸
八月〜十一月頃まで　＊ソロモン海戦の名前が何度も新聞に出る。
八月二十一日　中等学校・高等学校・大学予科の修業年限一年短縮決定

一九四三年（昭和十八年）

一月　　二日　ニューギニア・ブナの日本軍玉砕（戦死者七千六百人）
二月　十八日　日本軍、ガダルカナル島から撤退開始。それまでに三回以上奪回計るも失敗
四月　十八日　山本五十六連合艦隊司令長官、ソロモン上空で戦死
五月二十九日　アリューシャンのアッツ島二千六百人玉砕
　＊五月十二日に上陸した敵は、特種優秀装備の兵約二万。
　「アッツ島血戦勇士顕彰国民歌」が歌われた。私の初めて知る玉砕だった。
六月二十五日　学徒戦時動員体制確立。約三百万人、終戦まで勤労動員

八月　一日　日本占領のビルマでバー・モー政府独立宣言
十月　二日　「在学徴集」の延期停止公布
十月二十一日　十四日　フイリピン共和国独立宣言
十月二十一日　チャンドラ・ボース、シンガポールで自由インド仮政府樹立
　　　　　二十三日　日本政府承認
　　　　　学徒出陣壮行会が明治神宮で行なわれる
　　　　　＊兄も学徒出陣でこの場所にいた。「学徒進軍歌」が歌われた。
十二月二十四日　徴兵年齢十九歳に引き下げ

一九四四年（昭和十九年）

一月　東京・名古屋に初の疎開命令
　　＊私たち県立横須賀大津高等女学校四年生も、五月頃から学年の前半組は浦賀造船所に学徒動員で行き、後半組は後期交替の予定で幼稚園の保母実習および十五日間の病院実習をする。病院は二組に別れ、横須賀市立病院と横須賀共催会病院。不足する看護婦の補助として、手術や患者の手当、病気に関しての医師の講座、皮下注射の練習などがあった。

　このころになると、避難訓練もいつか焼夷弾から校舎を守る訓練に

変わり、リーダーは即座に砂を掛けるか水を掛けるか判断し、火元に一番近く位置をとる。それは万一の時は一番早く死ぬことでもあった。

母は私を高等女学校に行かせるために、海軍工機学校練習生の指定下宿を止め、病気がちの身体で、かつて佐伯栄養学校で学んだ栄養学を活用して追浜の海軍航空技術廠（後に第一海軍技術廠）徴用工員寄宿舎の寮母長として勤め始めていた。ここには、台湾からも学徒動員だろうか、少年たちが来ていたという。

六月　十六日　B29北九州初空襲

六月　十九日　マリアナ沖海戦（日本海軍空母、航空機大半失う）

七月　　七日　サイパン陥落。守備隊三万人玉砕。住民死者一万人。婦女子、海に身を投げる

＊「サイパン殉国の歌」および「復仇譜」が歌われた。

八月　　四日　学童集団疎開始まる。国民総武装の決定。竹やり訓練本格化

九月半頃　＊後半組の私たちも浦賀造船所へ学徒動員する。戦局厳しく、前半組はそのまま動員を続けることになる。

十月二十五日　フイリピン沖海戦。レイテ湾突入失敗。ほとんど壊滅状態

海軍神風特別攻撃隊初出陣

＊「神風特別攻撃隊の歌」が歌われる。

十二月二十五日　横浜大空襲

一九四五年（昭和二十年）

一月

＊正月休みが終わり、工場へ来て愕然とした。工場の中に並んでいて仕事をするはずの材料が一つもなく、いつもうるさいぐらいに音を立てていた機械が動かず、工場内はしんとしている。これの意味するものは何か。

通学時の京浜急行の電車の屋根に、ポツポツと空いている小さい機銃掃射の穴から空が見えた。

この頃だったろうか。母が勤めから帰って私に見せたのは、飛行機の窓に用いる代用ガラスの破片。

その後、母が持ってきて神棚に供えた日の丸に「必勝」の文字が染め抜かれた一本の手拭いは、今度徴兵されて行く若い工員が、「僕は生きて帰らない。もうこの金は要らないから、飛行機を作る足しにして欲しい」と、お財布ごと置いていったもので作ったのだという。「手拭いになるとは思わなかったろうに」と、母はつぶやいていた。

汐留駅を空爆するつもりの敵機が、山際の駅を狙い損ね、汐入国民学校に爆弾を落としたのもこの年だったろうか。

三月　九日　東京大空襲。以後、大阪・名古屋・横浜・川崎ほか六月以降、全土地
　　〜十日　方五十四都市空襲。終戦までにB29延べ一万五千機来襲

三月　十七日　硫黄島二万三千人玉砕

三月　＊卒業式。疎開した同級生の姿はなく、ささやかな式だった。「仰げば尊し」は、曲が敵国のものだからと歌われなかった。

四月　一日　米軍、沖縄本島上陸。米軍一万三千人、日本軍七万七千人

四月　＊私は神奈川青年師範付属青年学校女子教員臨時養成所に入り、平塚市郊外の校舎に通学。下宿生活をした。母は勤めを止め、家にいることとなり、ほっとする。

青年学校とは、小学校高等科（今の中二）を卒業して勤めながら三年間通学する学校で、その女子教員養成所は、この年に初めて設置された。

戦局はますます厳しくなり、空襲警報が間を置かずに鳴ったり、時には空襲警報が鳴らぬうちに敵機来襲で、日の出町で買い物をしていた主婦が機銃掃射にあい、危うく逃れたという噂も聞いた。

日時は覚えていない。空襲警報だが、家の傍（そば）の防空壕に入らず、そ

の上に立って東京湾の方を眺めていると、今まで見たこともない大型の飛行機が低空をゆっくり飛んでくる。

「B29」誰ともなく呟く。しかし、対空砲火の音がしない。猿島も追浜の航空隊も軍港の山もと、高射砲陣地の在りそうなところを思い浮かべるが、シーンとして静寂の時が流れる。ただ敵機の悠然と行くのを見守るだけだった。

その時、黙りかねたように小さい小さい戦闘機が一機急上昇して行ったが、距離が離れているうちに機と機の間に火花が散った。はっとした瞬間、尾から黒煙を長く引きながら戦闘機が落ちていく。私たちは唇を嚙み締め、黙って手を合わせた。

四月　五日　ソ連外相、駐ソ大使に日ソ中立条約不延長を通知してくる

六月二十三日　沖縄戦終結。守備隊全滅（戦死九万、一般国民死者十万）

同日　義勇兵役法公布（十五歳以上六十歳以下の男子、十七歳以上四十歳以下の女子を国民戦闘隊に編成）

七月　十三日　ソ連に終戦斡旋申し入れ

七月　十六日　平塚空襲。B29八十機、一、四六九、五七五焼夷弾投下される

＊平塚新宿の下宿焼失。学校も校舎は半分焼失。下宿の夫妻も乳飲み

子も無事。逃げる両側に焼夷弾が投下、帰る飛行機からは、今落とした間にまた落として来たという。偶然、高熱で家へ帰っていた私は、幸いに怖さを知らないですんだが、この時、同年輩の女性事務員が二人亡くなった。

　今考えてみると、平塚空襲の一週間ぐらい前だろうか。空襲警報で防空壕に入ったが、敵の戦闘機一機が低空飛行で来て、作業場から覗(のぞ)いていた男子生徒に機銃掃射を浴びせ、防空壕から覗いていた私たちに迫り、機銃を向けた。防空壕の上をパチパチと弾(はじ)ける弾丸の音。男子生徒は奥の味噌樽の影に隠れて無事。その時のニヤッと笑った飛行帽の下の白い顔と銀色に光る翼に描かれた丸い青の中の白い星のマークは、今も眼の中に焼きついている。

　平塚市の相模湾沖に小さく敵艦の姿が見えたと、海岸方面の級友が言っていたのもこの頃だろうか。

七月　十八日　ソ連、終戦斡旋拒否
八月　六日　広島に原子爆弾投下される
八月　九日　長崎に原子爆弾投下される
　　　　　　ソ連参戦

八月　十四日　御前会議、ポツダム宣言受諾を決定。中立国を通じて連合国へ申し入れ。天皇、戦争終結の詔書を録音

八月　十五日　陸軍一部将校、終戦阻止の反乱。録音奪取をはかるも鎮圧される

八月　十五日　正午、終戦の詔書を放送。日本敗戦。太平洋戦争の戦没者、一九四七年の政府発表では陸海軍人一五五万五三〇八人、一般国民二九万九四八五人（のち合計三一〇万人に達すると算定＝厚生省）

＊

長年にわたる厳しい戦局の後にむかえた、この終戦直前の二ヵ月前、昭和二十年六月十日に「海軍水上特別攻撃隊　第一特攻戦隊　第十一突撃隊　千代田特別攻撃隊　第五十六震洋隊　岩館部隊」は、神奈川県三浦郡松輪の江奈湾に配属された。

十六、七歳の少年搭乗員たちは、二十一、二歳の艇隊長、二十四、五歳の指揮官兼部隊長たち青年士官と共に、終戦までの二ヵ月余を、死を念頭に置きながら訓練に励んでいたのだ。

# 第十一突撃隊千代田特別攻撃隊第五十六震洋隊岩館部隊

一九四四（昭和十九年）九月一日に、最初の震洋隊である海軍水上特攻隊第一震洋隊は編成を終え、父島方面特別根拠地隊に配属された。その後、震洋隊は百四十六部隊まで編成され、本土海岸沿いばかりでなくシンガポール、フィリピン、マレーシア、ボルネオ、台湾、中国の香港、厦門（アモイ）、舟山（しゅうざん）列島、海南島等にも配備された。

その中には全滅した隊もあり、海没した隊もあり、編成し直した隊もあるなど、上田氏の「主要年表」及び「震洋隊編成表」をよくよくお読みいただくと共に、震洋艇については「要目表」及び「艇の図面」を御覧いただきたい。

燃料・資材・機材等の不足、生産・保有状況から見て、航空要員教育の術科教育の見込みがなくなってきたために、また、本土決戦態勢急速整備のために、緊急に戦力化を行なう必要があったということで、土浦海軍航空隊飛行予科練習生は空を飛ぶ夢を変えねばならなかった。ほとんどの者が特攻隊を志願したという。また、そういう雰囲気の中にいたという。

その中から指名された者が、九州の川棚突撃隊の各突撃隊に配属された。ここは「震洋」のほかに「回天」・「伏龍」等の講習員（準備教育）がいて、ここで訓練を受けた後、

第十一突撃隊千代田特別攻撃隊第五十六震洋隊岩館部隊

**部隊編成（人員）**

震洋隊は士官准士官7～8名、搭乗員約50名本部付、基地隊員、整備隊員で編成され、1部隊の総員は170～200名であった。

一、1型艇の部隊

部隊長
- 艇隊
  - 艇隊長4名
  - 搭乗員50名
  - 艇55隻
  - うち5隻は予備
  - 第1艇隊
    - 部隊長ほか12～13名（艇隊長兼務）
    - 艇12～13隻
  - 第2艇隊
    - 艇隊長ほか12～13名
    - 艇12～13隻
  - 第3艇隊（同右）
  - 第4艇隊（同右）
- 本部付（本部付ほか20名）（電信、信号、主計、衛星）
- 基地隊（基地隊長ほか80名）
- 整備隊（整備隊長ほか35名）（機関、工作）

二、5型艇の部隊

1艇2名搭乗、1部隊24隻（予備若干）、1部隊を3艇隊で編成した。他は1型艇の部隊に準じた。

震洋隊員はさらに各部隊に配属された。水上特攻隊は震洋隊のみで、あとの講習員は水中特攻隊員である。

震洋隊は、一部隊は部隊長の下に四艇隊、艇隊長四名以下の搭乗員約四十九～五十名。一艇隊は二人乗りの五型特攻艇一隻と一人乗りの一型特攻艇十二～十三隻。そのほかに本部付、基地隊、整備隊で編成されている。

空を飛ぶ飛行機を作る材料も、海中を潜って行く艇を造る材料もないから、水上を行くモーターボートのような艇をベニヤ板で造り、ガソリンの代わりにエタノール・アルコール（航空エンジンや自動車エンジンに使用し、本来船には使わない）を燃料にして頭部に爆薬を設置する。緑色のペンキで塗られた震洋艇に、初めてそれを目にした搭乗員たちは、まず驚いたという。艇を青ガエルの愛称で呼んだ。

## 震洋艇要目表

| 区　　　　分 | 1　型　艇 | 5　型　艇 |
|---|---|---|
| 全　　　　長 | 5.1m | 6.5m |
| 幅 | 1.67m | 1.86m |
| 高　　　　さ | 0.8m | 0.9m |
| 普　通　吃　水 | 0.326m | 0.380m |
| 満　載　吃　水 | 0.55m | 0.60m |
| 排　　水　　量 | 1.295t | 2.2t |
| 主　　機　　関 | トヨタ特KC型<br>ガソリンエンジン<br>1基 | トヨタ特KC型<br>ガソリンエンジン<br>2基 |
| 速力（特別全力） | 16kt（23kt） | 27kt（32kt） |
| 馬力（特別馬力） | 42H.P.（67H.P.） | （134H.P.） |
| 全力航続距離 | 16kt……110′（7h） | 27kt……170′ |
| 兵　　　　装 | 爆装250kg | 爆装250kg |
| | 12cmロサ弾×2発 | 12cmロサ弾×2<br>13mm機銃1<br>無線設備（予定） |
| 乗　　　　員 | 1名 | 2名 |

## 震洋艇1型、5型合計竣工数

| 月　別 | 昭和19年<br>7 | 8 | 9 | 10 | 11 | 12 | 昭和20年<br>1 | 2 |
|---|---|---|---|---|---|---|---|---|
| 竣工数 | 75 | 100 | 745 | 700 | 650 | 600 | 500 | 500 |

| 月　別 | 3 | 4 | 5 | 6 | 7 | 8 | 合　計 |
|---|---|---|---|---|---|---|---|
| 竣工数 | 400 | 249 | 483 | 395 | 150 | 50 | 6197 |

造船所：三菱長崎造船所、日本造船鶴見工場、同山下工場、横浜ヨット、隅田川造船所、日本海船舶、神奈川船舶、日本車輌、木村工作所、豊田織機、（三菱造船江南製作所＝中国上海）

第十一突撃隊千代田特別攻撃隊第五十六震洋隊岩館部隊

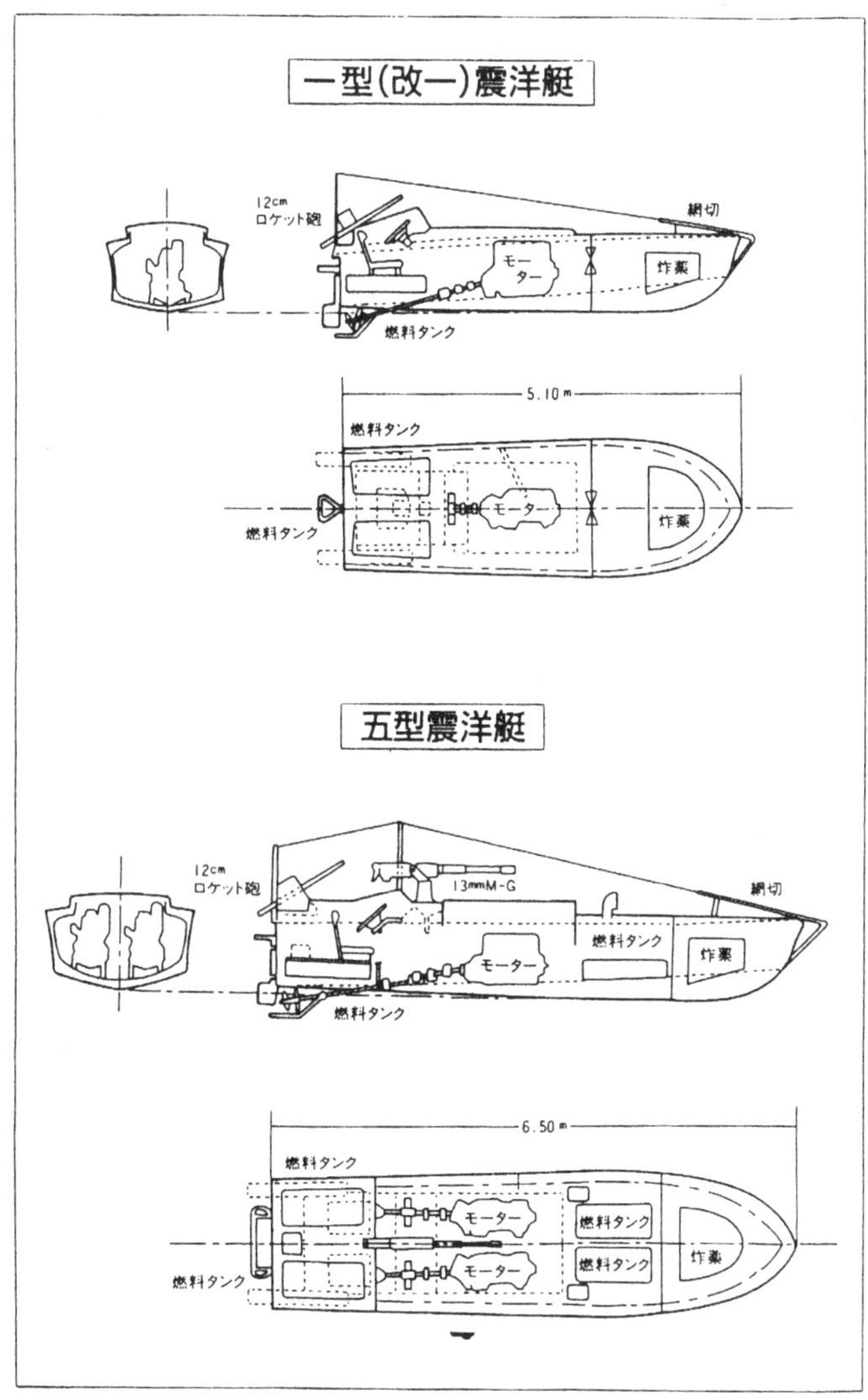

この「水上特別攻撃隊震洋および特別攻撃艇」については、上田恵之助氏が全般にわたって詳しく調査し、正確に記録して纏めていらっしゃるところなので、出版されたらぜひともご一読いただきたい。

第十一突撃隊（嵐部隊）第五十六震洋隊岩館康男部隊は、終戦二ヵ月前の一九四五年（昭和二十年）五月二十五日に編成され、六月十日に三浦郡（今の三浦市）南下浦町松輪の江奈湾基地に配属された。任務は本土決戦に際し、東京湾を守備して敵の上陸用舟艇を迎撃することである。本部を福泉寺に置き、搭乗員は四軒の民家を宿舎とした。訓練は主として城ヶ島海域だった。

岩館部隊長は二十四、五歳、艇隊長は予備学生出身の二十一、二歳の青年士官たち。まだ十六、七歳の予科練習生出身の少年搭乗員たちは元気一杯のいたずら盛りで、本部の若い士官たちは、苦笑しつつ頭を悩ましたようだ。しかし、八月一日二十一時三十分、出撃準備命令が下りたときの平生の訓練時と変わりなく待機している姿には、驚嘆もしていられた。これは誤報と分かり、夜明けになって解除されたが、この待機中の搭乗員の心境はどんなであったろうか。とても察しきれるものではない。

この誤報は、「夜光虫事件」と呼ばれている。これについては、上田氏よりいただいた資料を転用する。

①国会図書館所蔵資料

決三号作戦警戒電令作一四八号

海軍総隊　八月一日二二四一発（註、午後一〇時四一分）

1、大島見張所報告ニヨレバ二一四五大島ノ一八〇度三〇粁ニ敵攻撃船団三千乃至四千北上中

2、目下館山水偵隊敵情確認中

＊「大輸送船団北上」を報告したとき、米軍上陸作戦の慣用戦である上陸点に対する徹底的砲撃もないし、通信諜報上からも何ら徴候が認められないので、誤報であると主張したが、海軍総隊司令長官（註、海軍総隊司令長官は海軍中将小沢治三郎）は、たとえ誤報であっても「決三号作戦警戒」を発令せよと厳命された。このときは夜光虫の誤報とわかり、この命令を取り消すまで四十分あまりですんだけれど……。

②元大本営海軍参謀海軍中佐実松譲著書『情報戦争』（図書出版P二一〇～P二一一）

横須賀鎮守府「夜光虫事件」

昭和二〇年八月一日　午後一〇時

1、伊豆大島見張所

「敵輸送船約一〇〇隻相模湾ニ侵入シツツアリ」

2、米良見張所（千葉県）

「敵輸送船多数、東京湾ニ向ケ北上中ナリ」

横須賀鎮守府　決三号作戦警戒発令

決号作戦名称及び区分

決一号　北海道・樺太・千島列島方面

決二号　東北方面

決三号　関東方面

決四号　東海方面

決五号　近畿・中国・四国方面

決六号　九州方面

決七号　朝鮮方面

誤報であっても、海軍総隊司令長官が発令したのだから正式命令。したがって、横須賀鎮守府司令長官も、この命令に従わざるをえなかったということだった。

なお、この出撃命令で身の回りの整理をし、集合整列した搭乗員たちが汲み交わした水杯の酒は、恩賜の「月桂冠」だったという。その後で第三艇隊は、艇にエンジンをかけ、命令が出たらすぐ出撃するべく待機し、後の艇隊搭乗員は、浜でその次の出撃までそれぞれの姿勢で顔色も変えず、平静に待機していたのだ。その時の様子などは、『第五十六震洋特別攻撃隊員の記』でお読みいただきたい。搭乗員の方たちは、これを厳しく鍛えられた「海軍魂」「予科練魂」と言われる。

また、その二日前の七月三十日に、同じ三浦郡の小網代を基地として相模湾方面を守備する第二十七震洋隊の石井部隊長ほか五名、震洋艇三隻は一人をのぞき、准士官以上で特別命令で出動。相模湾航行中に敵機と遭遇、対空戦闘の後、全員戦死された。秘密裏の出動だったので、第二十七部隊の人たちは任務を知らなかったというから、その衝撃は大きかっただろう。

八月四日、第五十六震洋隊より上田恵之助少尉が部隊長代理として第二十七震洋隊に着任された。

江奈湾上空を相模湾方向へ帰っていく敵機に向かって撃とうと逸る搭乗員たちを、「今撃てば基地の存在が分かり爆撃される。それでは本来の目的が果たせない」と、岩館部隊長は必死で止められたという。

それから間もなく終戦。あのとき撃たなかったから、特攻隊ばかりでなく土地の人たちも無事でよかったと、手記の中に書かれた方がいる。岩館部隊長は厳しいようだけれども

I型震洋艇側面（昭和19年８月１日、横須賀・水雷学校）

I型震洋艇の操縦席

Ⅰ型震洋艇（第６震洋隊121号。オーストラリア・キャンベラ市）

Ⅰ型震洋艇

器が大きく、沈着な方だったと懐かしむ声もある。自分自身で艇の点検をされたり、若い隊員の生命を大切にされている様子が窺(うかが)われる。

第五十六震洋隊の方たちは、全員無事に除隊されて良かった。戦後、隊員の方々は「千代田松輪の会」を作られ、毎年五月末頃に本部だった福泉寺に集まり旧交を暖め、その後、亡くなった方たちの法要を営まれる。境内に植樹した記念樹の「高野槇」が高く見上げるようになり、半世紀の年月を経て来たことをしみじみと思う。

東洋一の軍港を誇った横須賀の傍(そば)に、こういう特攻隊があったことを人々が知らなかった一つに、地元の方たちが口を堅く閉ざして秘密を守ったからだといわれる。スパイの暗躍する中で、地元の方たちの堅い結束が感じられた。

それにしても今、年表を見ながら思うことは、水上特攻隊第五十六震洋隊が編成され江奈湾に配置された時は、すでに敵機に本土上空の制空権を奪われていたのではないかということである。そうした状況の中で、敵前上陸をして来る敵舟艇を水上で迎撃するとなると、その前に援護射撃をしてくる無数の敵戦闘機の攻撃を受けることが考えられよう。

ベニヤ板の水上のモーターボートにエタノール・アルコール燃料の艇に乗って、果たして目的の敵舟艇に行き着けたであろうか。純真な少年搭乗員や青年艇隊長が国のため、愛する人たちのために、死ぬための厳しい訓練を毎日していたのだが、それに報いるような戦略だったのだろうかと考えさせられている。

（木村禮子）

# 海軍水上特攻隊第五十六震洋隊岩館部隊（概要）

薄井甚一

第十一突撃隊千代田特別攻撃隊第五十六震洋隊岩館部隊

部隊編成
　総員　百八十三名。士官八名、搭乗員五十三名、本部十四名、基地隊員七十三名、整備隊員三十五名
　震洋艇　一型五十二隻、五型四隻
　編成　昭和二十年五月二十五日
　訓練地　長崎県川棚突撃隊（第十一次）
基地に進出
　進出日　昭和二十年六月十日
　所在地　神奈川県三浦郡南下浦町松輪　江奈湾（現在、三浦市南下浦町松輪）

部隊名称　第一特攻戦隊第十一突撃隊第三千代田特別攻撃隊
部隊本部　松輪の福泉寺本堂に設置
宿舎　　士官と本部付は福泉寺に、整備と基地隊は兵舎と民家に分宿。搭乗員第一～第四艇隊は民家四軒に分宿

## 戦中の状況

戦死　戦病死者は皆無。

訓練　昼間敵機襲撃もあるので、体操・講義・ミーティングを主として行ない、演習する時は城ヶ島一周をした。夜間訓練は海防艦「四阪(しさか)」を敵艦と見立てて、三崎沖合で襲撃演習実施を行なった。舵の故障で体当たりした一隻と沖合に仮泊中の一隻火災による沈没。翌朝、壕へ格納のために移動の際、一隻が火災で自沈等、計三隻を喪失した。

糧食　横穴防空壕に約二年分ぐらい確保されていたはずだが、肉蛋白質不足のため、江奈湾口で鰯(いわし)の群れをダイナマイトで採集、搭乗員の有志が短艇で海中で仮死状態の鰯を獲(と)り、食卓を飾ったりした。

艇の格納状態は、湾内東と西海岸に防空壕を掘り、全艇を隠蔽(いんぺい)する。ただし、五型艇四隻は横須賀港から自力回航して基地西海岸へ陸揚げ後、擬装網をかけ、枝木を被(かぶ)せ

て野天保管をする。東海岸の大防空壕は現存している。

### 敗戦の告示

昭和二十年八月十四日夕方、福泉寺境内に搭乗員全員整列。出撃準備命令が下り、海岸に待機し野宿。翌十五日正午、同境内に集合し、ラジオで玉音放送を拝聴したが、雑音で理解できず、宿舎の主人および伝令により終戦を確認した。

### 復員

搭乗員は約九日間、解隊整理作業に従事し、大発（上陸用舟艇）で横須賀逸見（へんみ）の港に上陸。樺太（からふと）出身の搭乗員に乾パンを増配して、復員した。部隊長士官をはじめ、基地隊整備隊員らは艇を湾内に沈め、物資や武器を処分、整理した後に遅れて復員した。

### 岩館部隊の危機一髪。特記事項

前述の夜間訓練の翌朝、数隻繋留（けいりゅう）中の艇を格納のためにエンジン始動時にガス爆発し炎上。消火器数本しても消えず、艇舷側を鶴嘴（つるはし）で破壊し自沈させたが、もし船首の炸薬に引火していたら、基地は全滅。多数の戦死者と民間犠牲者が出たはず。今でも冷汗がでる。

夜間襲撃訓練で、本番さながらに海防艦に向かったが舵故障で激突し、搭乗員は救出されたが、油壺本部での反省会で、「艇を沈没させた責任は軍法会議ものだが、元気があってよろしい」と激賞されて安堵した記憶がある。

横須賀港第六ドックに、戦艦「長門」の脇で五型艇最後の整備中に、米軍艦載機の空襲を受け、「長門」の機関砲が応戦。樹上で見張り中の搭乗員が、「長門」の砲弾で危うく戦死するところだった。

二日後の再空襲で、「長門」の艦橋と搭乗員の待避壕に爆弾が命中。前日の雨天の中を、五型艇四隻は自力回航して引き揚げた後だったので、被害なし。

大島沖に敵船団発見。出撃準備命令が発せられたが、第三艇隊の先陣出撃予定は大島監視所の、夜光虫大発生による誤認と分かり、出撃中止となる。

基地へ入港時のオワイ船（糞尿運搬船）が魚雷艇と誤認されてか、横須賀再空襲を終えたグラマン機から機銃掃射をうけた。野天擬装保管中の五型艇に装備の十三ミリ機銃に弾丸装着し、応戦しかけたが、艇隊長の中止命令で発射しなかったためか、特攻基地の存在に気づかれずにすんだ。そして、間もなく終戦を無事に迎えられた。

（平成二年記す）

# 第五十六震洋隊（第十一突撃隊千代田隊）岩館部隊隊員名簿

指揮官　　　　　　　　　　　本部付　寺本万一郎機曹長（普・缶）
　兼第一艇隊長　岩館康男中尉　基地隊長　飯塚長一郎兵曹長（普・砲）
　第二艇隊長　近藤健一少尉　整備隊長　佐々木隆夫兵曹長（普・機）
　第三艇隊長　谷沢允少尉　補充艇隊長　上田恵之助少尉（昭二〇・八・三付で第二十七震洋隊艇隊長に転属、
　第四艇隊長　笹井琢郎少尉　部隊長付　吉川彰一少尉　後に部隊長代理）
搭乗員（二等飛行兵曹。復帰時に一等飛行兵曹）（特攻）
　第一艇隊員　青山和夫・大野米三・薄井甚一・菊池千尋・須田（鈴木）玉太郎・鈴木達夫・高田六郎・邊見周之・長谷川文雄・菊池林市・吉目木蓄・後藤晃一・萩野谷瀞

第二艇隊員　小川孝・岩淵俊衛・齋藤一正・佐藤庄治・澤畑英・鈴木（佐怒賀）一美・深見（鈴木）正二・藤島健・千葉幸義・及川（八重樫）文男・櫻井義男・廣比一三

第三艇隊員　大塚（田上）與三郎・大友敬治郎・大間宏・菊池憲・小室和夫・加瀬恒一・寺橋好一・新後閑又男・松井滋・佐々木好雄・田上浩司・鈴木英男・貝塚友次郎

第四艇隊員　荒井章三・葦名五郎・狩谷次雄・橋本（小島）清・成田與四郎・松田武・三上良一・佐藤五郎・佐用修三・舟木陽三・長谷川正・森野努・石井（三上）雅男・西久保（荒木田）敏郎

本部員（二曹・上水・二衛曹・衛長・上衛・上主曹・一主曹・上主）（普信・普電信・普看・普糧・普経）
下村幸三・藤原敬之助・關根和敏・畑山耕作・蝦名千代吉・小杉照光・八重樫吉三・糸日谷一郎・横山琢郎・治野繁之・染野正蔵・興村寿雄・安中知夫・佐藤菊四郎

整備隊員（機長・上機・一機曹・二機曹・上工曹・工長・上工）（普潜内・普内〜魚・普工〜舟木鍛板・普電）
中島大蔵・落合幸夫・岡田辰美・谷澤弘・水野富雄・高橋實・戸嶋義雄・柏熊

功・中村重光・杉山爲泰・花香長寿・倉田悟・山口芳穂・小濱吉男・三浦榮・山口清介・木内正司・矢部常雄・山崎安雄・菅原孝守・山下正一・梶塚清・箱岩喜市・石原鐵次郎・山下守真・南部一男・木村順一・栗原一郎・島田松二・吉田正一郎・伊藤鐵五郎・今泉利夫・岩淵幸治郎・吉田茂吉・岡庭修

特務隊員（一曹・二曹・上曹・水長・一水）（普機雷・普砲）

佐々木富蔵・齊藤萬太郎・櫻井延久・鈴木誠・櫻井長司・小長谷祐・久保利文・寺澤覺蔵・櫻井與三郎・鈴木長身・太田新吉・遠藤專蔵・寺嶋英八郎・鈴木廣・高橋開・千代武雄・山内庄之助・長谷川流・本名周一・黒須健一・松本三之助・秋田勘作・福士長左衛門・三浦藤夫・三浦末造・長利市三郎・久保田市三郎・赤沼政司・沼政男・三浦勇・佐々木福雄・澤田勝三郎・藤原忠蔵・齊藤三郎・小林和市・小野寺亀治・高野寛・君塚孝・高谷正盛・安部秀次郎・舛澤喜一郎・太田茂三郎・新井七兵衛・木村幸太郎・九島庄三・工藤賢造・高橋清治・塚田光次・深坂政吉・安藤岡雄・吉田隅春・岩川芳治・村上正元・小山又次郎・小沼四郎・清水寿・原嶋文次郎・小澤藤吉・市川助太郎・横山又吉・待山賢輔・飯田重次郎・大塚新六・古川大祐・藤代岩吉・小河原圭次・土戸清太郎・館山惣一郎・齊藤與八郎・津嶋武之助・佐藤直治・越川正治・榎本郡司

# 第五十六震洋　千代田松輪の会の沿革と経過

第二艇隊搭乗員　佐怒賀（旧姓鈴木）一美

昭和五十年十月二十六日午前十時三十分より第九回予科練戦没者慰霊祭が、旧土浦海軍航空隊跡地（現陸上自衛隊武器学校）雄翔園で厳粛に執り行なわれた。この後、午後一時から第四回十四土空会総会が土浦市東崎町『中国料理・一番』で開催された。

その折り同期の佐藤彰男君の計らいで、元分隊長の永井大尉・市瀬大尉・菊実分隊士のお三方をお迎えすることが実現した。終戦後三十年である、予科練時代の直属上官たちにお会いできるなんて、夢にも思っていなかった。われわれ練習生の喜びも一入（ひとしお）、嬉しさのあまり涙する者もいた。この時、岩館部隊の搭乗員に集合を呼び掛けてくれたのが薄井甚一君である。

出席搭乗員たちで、われわれの戦友会を創ることに意見が一致した。会の名称については、第十一突、第三千代田特別攻撃隊第五十六震洋岩館部隊から『千代田松輪の会』と命名、翌昭和五十一年、海軍記念日の前後に第一回の総会を松輪で開催することに決定した。

昭和五十一年五月二十九日　第一回千代田松輪の会総会開催
　三浦市南下浦町松輪　福泉寺にて戦友物故者の供養　於、民宿　松林館
　翌三十日、各宿舎訪問
　参加人員　不詳

昭和五十二年五月二十八日　第二回千代田松輪の会総会開催
　以下右に同じ

昭和五十三年五月二十八日　第三回千代田松輪の会総会開催
　以下右に同じ
　参加人員　部隊長以下二十七名
　福泉寺境内に記念樹の植樹案纏（まと）まる
　樹種　高野槇
　募金　一人参千円　会員四十六名より応募

昭和五十四年五月二十六日　第四回千代田松輪の会総会開催
　以下右に同じ

昭和五十四年四月
参加人員　部隊長以下二十三名
記念樹　植樹その他完了
総支払い額（雑費を含む）　十一万六百円

昭和五十五年五月二十四日
第五回千代田松輪の会総会開催
以下右に同じ
参加人員　三十一名

昭和五十六年五月二十三日
軍艦旗一式購入
第六回千代田松輪の会総会開催
以下右に同じ
参加会員　二十六名

昭和五十七年六月十二日第七回千代田松輪の会総会開催
以下右に同じ

昭和五十八年五月二十八日
参加会員　十八名
第八回千代田松輪の会総会開催
以下右に同じ

昭和五十九年五月二十六日
参加人員　二十二名
第九回千代田松輪の会総会開催

昭和六十年六月十五日

以下右に同じ
参加人員　十八名

昭和六十一年六月十四日

第十回千代田松輪の会総会開催
以下右に同じ
参加人員　二十三名

昭和六十二年六月六日

第十一回千代田松輪の会総会開催
以下右に同じ
参加人員　十五名

昭和六十三年六月十八日

第十二回千代田松輪の会総会開催
以下右に同じ
参加人員　十五名

平成元年六月十日

第十三回千代田松輪の会総会開催
於、民宿　かねだい
以下右に同じ
参加人員　十三名
第十四回千代田松輪の会総会開催
於、松林館

以下右に同じ
参加人員　十四名

平成二年六月三十日　第十五回千代田松輪の会総会開催
以下右に同じ
参加人員　十七名

平成三年七月七日　第十六回千代田松輪の会総会開催
以下右に同じ
参加人員　十三名

平成四年　会合なし

平成五年六月十二日　第十七回千代田松輪の会総会開催
以下右に同じ
参加人員　二十名

平成六年六月四日　第十八回千代田松輪の会総会開催
以下右に同じ
参加人員　十五名

平成七年五月二十七日　第十九回千代田松輪の会総会開催
以下右に同じ

参加人員　八名

平成八年六月二十二日
第二十回千代田松輪の会総会開催
以下右に同じ
参加人員　十八名

平成九年六月十四日
第二十一回千代田松輪の会総会開催
以下右に同じ
参加人員　十三名

平成十年六月十三日
第二十二回千代田松輪の会総会開催
以下右に同じ
参加人員　十名

平成十一年六月五日
第二十三回千代田松輪の会総会開催
以下右に同じ
参加人員　七名

平成十二年六月十日
第二十四回千代田松輪の会総会開催
以下右に同じ
参加人員　四名

平成十三年六月二十九日
第二十五回千代田松輪の会総会開催

平成十四年

以下右に同じ

参加人員　七名

会合なし

平成十五年五月三十日

第二十六回千代田松輪の会総会開催

会場　城ヶ島・京急ホテル

参加人員　十四名

翌三十一日午後一時　宿舎訪問

午後二時より福泉寺　物故戦友の法要

薄井甚一代表　他界により佐怒賀一美代表となる。

☆今後、気軽に誰でも参加出来るよう会の名称を『まつわ親睦会』と改める。

# 岩館部隊の本部だった福泉寺

鈴木元奘



臨済宗建長寺派・千光山福泉寺が、海軍水上特別攻撃隊第五十六震洋隊岩館部隊の本部になったのは昭和二十年六月でした。

当時の住職は三十四世鈴木元孝和尚。元孝和尚は、この時すでに衛生兵として召集され不在であり、寺には祖母のカヨ、母のミヤに子供の元奘（現在の住職、当時は一歳五ヵ月）、その姉との四人家族が留守を守っていました。

震洋隊本部を本堂に置き、本尊東側の部屋を部隊長室、本堂の前で隊員たちへの訓示などが行なわれました。

終戦となり、祖母は昭和三十三年に、父元孝和尚は平成十二年、母は平成十三年に逝去しました。特攻隊のいた時は姉も幼かったし、私も一歳と五、六ヵ月で、隊員の人たちにあやされたり、遊んでもらったりしたらしいことを松輪の会で聞かされたが、さっぱり覚

基地跡から見た三浦半島江奈湾

松輪の会・慰霊。福泉寺にて

松輪の会・戦友会。戦隊本部となった福泉寺で

えていません。松輪の会が出来てから、少しずつ震洋特別攻撃隊や特別攻撃隊隊員のことが分かり始めたという状態です。

この第五十六震洋隊松輪の会の隊員は、全員無事に帰還されたことが、なによりも嬉しいことでした。

第五十六震洋隊松輪の会は、終戦後三十年たって組織されました。毎年五月末か六月初め頃の土・日曜日にかけて本部だった寺を訪れ、帰還後に亡くなった戦友の法要をされ、思い出話や近況を語って旧交を暖めていられました。

初めのうちは遠くからも来られ、多く集まりましたが、年月が立つにつれお歳も召され、出席されていた方の中にも亡くなる方もあり（五十八年の間に二十五人）、寂しくなりました。来られると宿舎に立ち寄られるので、宿舎の人たちも時代が変わり、今の主人も小さかったから、その頃のことはよく覚えていないとはいうものの楽しみにしています。家族と同じように接していたと、宿舎の人たちは言います。祖母の遺言を守り、家族ぐるみで待っている宿舎もあります。

特攻隊がいたことは、松輪の人たちの中でもあまり語られず、他にはまったく漏れなかったようで、松輪の人たちの心意気を感じます。

岩館部隊長は、松輪の会集結の初めの頃、隊員は部隊長を懐かしがっていたのに、部隊長はかつて隊員に厳しかったから、みんなは良く思っていないのではないかと堅くなっていられたが、三回目ぐらいからは隊員の気持ちが分かって楽になられたようです。部隊長は気持ちの大きく暖かい心の人だなということは、集まるごとに、話の中から感じられました。

敵機グラマンが飛行士の顔が見えるぐらい低空飛行で東京湾側から帰ってきたとき、隊員がそれを迎え撃とうとしたが、部隊長は「マテ」と言って、「今撃てば基地の存在が分かってしまう」とそれを止められた。それから間もなくの終戦で、基地も隊員も松輪の人たちも無事だったことは、部隊長の思慮深い冷静な判断によるものだと思います。

隊員が他の部隊と喧嘩したとき司令部に呼ばれた部隊長は、「元気があって宜しい。そこで一週間の休息を与えられた。ただし、松輪から一歩も外へ出てはならない」と訓示したという。これは謹慎処分なのだが、元気一杯の血気盛んな少年隊員の気持ちをよく理解している部隊長の思いやりの言葉であり、隊員もそれは良く分かっていたと思いますが、私も感動し、今も強く心に残っています。

戦友の法要は、皆さんが到着、一休みされたところで、「では始めましょうか」と声を掛けると、さっと立ち上がり整然と席につかれる。読経中、微動だにせず心が一つになって亡くなった戦友を偲び、当時を懐かしく思い出している、戦友の心の絆がかもし出すのでしょう。空気が澄み清浄な雰囲気が、読経しているこちらにも迫ってきて、それは家庭の供養とも戦没者慰霊の供養とも違い、禅の道場を思わせ、私はその雰囲気が好きでした。

焼香も上官がいれば上官から、次は第一艇隊から第二、第三、第四の順できびきびとした礼儀と規律があり、かつての姿を偲ばせます。年数が経って八十歳近くなられた今は、来られてよかったと、来られる喜び、会える喜び、会話は少なくなっても、心が通じあうのを感じます。

昭和五十四年四月に、第五十六震洋隊記念植樹をしました。五十三年五月二十八日に相談をされて、私は三幹の高野槇（高野山で大切にされている樹木で、その中でも根本は一つで幹は三本仕立てという特殊な樹）を探しました。三幹は、隊員、松輪の人々、福泉寺、この三つの思い出として、また戦友への手向けを兼ね、松輪地区の戦没者慰霊塔、碑文に「是法平等」の前に植樹されました。今は背も高くなり、年月の重みを感じます。

どうか皆さん、第二の故郷として好きな時に来てください。寺も住職もかわりなくお迎えします。

# 第五十六震洋特別攻撃隊隊員の記

# 出撃直前の身の回り整理状況

鈴木（旧姓須田）玉太郎

昭和十九年四月一日、土浦海軍航空隊（甲種飛行予科練習生甲十四期一次）入隊。土浦海軍航空隊での訓練は、午前中は飛行機に関する勉強をし、午後は体育で毎日厳しい訓練が続き、昭和二十年三月卒業間近、すでに我々が乗る飛行機がなく、急遽（きゅうきょ）、特攻隊（震洋艇）に編成された。

昭和二十年四月一日、長崎県川棚突撃隊入隊。川棚での訓練は、震洋艇（ベニヤ板、エンジンはトヨタ自動車）の操縦と、敵艦に体当たりを想定した訓練が、昼夜二ヵ月間続き、終了と同時に、五月二十五日に震洋特別攻撃隊第五十六震洋隊岩館部隊に編成された。

総員百八十三名、士官八名、搭乗員五十三名、本部付十四名、基地部員七十三名、整備隊員三十五名が、昭和二十年六月十日、神奈川県三浦郡南下浦町松輪江奈湾（現在の三浦市南下浦町松輪）に移動。

部隊本部を福泉寺本堂に設置し、搭乗員宿舎は第一から第四艇隊は民家四軒に分宿し、生活が始まった。

出撃命令が下るまで、一度夜間訓練で海防艦を敵艦に見立て、三崎沖合で襲撃演習を実施した以外は、至極（しごく）穏やかに毎日を過ごしていたが、八月二日、大島沖に敵船団発見。出撃準備命令が下り、三艇隊が先陣として出撃の予定だったが、夜光虫大発生による誤認と分かり、出撃は中止となり、平常に戻った。

その後、八月十四日夕方、福泉寺境内に搭乗員全員整列、出撃準備命令が下った。我々搭乗員は、もとより死は覚悟の上ではあったが、出撃すれば二度と基地に戻ることはなく、家族にも会えなくなるという複雑な思いと、不安が私の脳裏を掠（かす）め、体に寒気を感じた。

その時ふと他の隊員の顔を見ると、私と同じことを考えているのだろうか、青ざめており、日頃賑（にぎ）やかな隊員が誰一人として口をきくものもなく、なんとも言い様のない異様な雰囲気の中で、黙々と身の回りの整理に余念がなく、最後に書いて置いた手紙、写真、そうして髪の毛を切り、衣嚢（いのう）に納め終わり、江奈湾に待機し野宿。

翌十五日正午、福泉寺境内に集合し、ラジオでの玉音放送で終戦となり九死に一生を得た。我々隊員は八月末に除隊。帰郷に際し、お互いに再会を誓い別れた。

（平成十四年記す）

# 我が十六歳の青春

齋藤一正

## 海軍甲種予科飛行練習生

中学四年生（現在の高校一年）になった昭和十九年、大東亜戦争の緊迫度は、私の住んでいた樺太（現サガリン）ではあまり感じられなかったが、上級生（五年生。現在の高校二年生）が続々と大学予科、高等専門学校のほか、陸軍士官学校、海軍兵学校、海軍経理学校等の軍関係に合格し、掲示板に名前が張り出されるのを見て、自分なりの心構えが段々と出てきた。

私は東京外語、清水高等商船等、只々（ただただ）、漠然と頭に描いていたというのも、英語が得意学科であったことと、暗黙のうちに先生も認めていたのではないかと思っていたからであり、将来は外交官になる夢を心に描いていたからである。

しかし、私の家の経済は息子を東京の上級学校に行かせるだけの余裕等がないことは肌で感じていた。当時、常時トップを維持している生徒には、企業よりの奨学金で上級学校に行った人もいたが、兄弟三人だったので、陸の鉄道、海の海運、空の飛行機乗り三職業にそれぞれ就いたなら、両親に対して旅行が只で出来るようになるし、またそうしてやりたいと考えていた。海軍甲種予科飛行練習生の募集に応募したのにはそれもあった。

昭和十九年三月、海軍予科飛行練習生の試験に合格した若者が、土浦海軍飛行隊に最終試験のために集まった。当時、樺太よりは稚泊連絡船（大泊港～稚内港）八時間、稚内駅より函館、それより青函連絡船四時間、青森駅より土浦に向かうという三日がかりの旅だった。

大泊の岸壁を埋めた見送りの人々、その中に肉親、友人、学友らの顔が見える。片手にテープを持ち、日の丸の旗を振り振り歌う『天に変わりて不義を撃つ、忠勇無双の我が兵は歓呼の声に送られて今ぞ出て征く云々……』に見送られる。

銅鑼の音が響き、別れを惜しむ七色のテープが切れて、稚泊連絡船の二本の煙突の亜庭丸の大きな船体は岸壁を離れた。もう二度と故郷の大泊の町は見られないかも知れぬと、しっかりと船上より故郷を見据えていた。

海軍に入隊に際して、父より、「女と酒は人生を誤らせる魔物と思い、十二分に気を配り、間違いを起こさぬように」との一言があり、「ああ、そうですか」と簡単に片付けていたが、加齢と共に、確かに父よりの言葉に間違いのないことを見聞し、親の見識に頭が下がった。

函館の町で初めて喫茶店に入り、ココアを三十杯も飲んだことや、青森港にてうどんを十杯食べたことなど、若さと田舎ぽさが目に浮かぶ。また、青森駅より一戸（いちのへ）と三戸（さんのへ）との間でリンゴジュースを一本初めて飲み、甘酸っぱさを感じたものだった。

入隊前に土浦の町で易を観（み）てもらい、その時、七十歳代まで生きられる相と言われ、飛行機乗りになるのに何を言っているのかと一笑したものだが、現に、七十歳代になっている。予科練時代に易者による観相があり、軍隊の持つ信念も自信も喪失したものと感じた。

土浦航空隊に第十四期一次甲種予科練習生としての入隊を終え、今まで着ていた物を全部、官品の服装と取り替え、以前の物は全部、国元に送り、娑婆（しゃば）（注1）とのお別れとなり、いよいよ猛訓練が始まった。

## 土浦海軍航空隊

土浦海軍航空隊での飛行予科練習生の生活一年間で得たものは、人には器用、不器用はない。すなわち、通信のトンツーの受信、送信の毎日毎日の繰り返しの訓練、不出来に対しての制裁、一字の誤字につきバッター一本及び顎（ビンタ）による強制指導、座学も時間終了五分前に試験を行ない、習熟度を調べて百点満点で一点の減点につき、バッター一本の制裁を加え、そして徐々に真剣さと、時間内に完全に物事を把握し、自分のものにしなければならないのだということを身に染み込まさせられた。

ほとんどの練習生は九十五点以上の成績を獲得するようになり、人間とは徹底的な訓練と経験が積み重ねられることによって、人それぞれの能力と頭脳の差異は除かれ、極限とは言えないが張り詰められた状態に置かれた時に、最高の力量を発揮できることを体で悟らされた。

人間は、時間的に余裕があると余計なことを考え、安易な道を選び、出来ることも出来なくする怠惰に陥る傾向があるのを、寸刻みの課業と常に緊張感に包み被せる徹底した訓練と教育を施すことで、一人前の軍人に押し上げていった。

勝負ごとも、例えば相撲も常に前に出て、技はなく、只ひたすら前に押し出す一方の前進あるのみの相撲で、負け残りで、勝つまで土俵から降りられない海軍方式。また、分隊対抗の競技（棒倒し等）で負けでもしたら、分隊の恥と緊張感に欠けていたとの理由で全員、罰直、制裁を受ける。すなわち、全員で力を合わせて常に最高の力量を発揮させる習慣を身に着けさせる。

また、就寝用の釣床下ろしも、班単位（一分隊六班より構成）の競争で、他班よりも早く、遅れを取ると、それ相当の罰直が待っており、常に先頭で物事に当たる努力と精神の涵養を心掛ける。

作業員の必要な時、作業員何名整列の号令で、人よりより早く進んで整列する。まごまごしている班および練習生は、何事にも自己の都合を第二にし、自己を犠牲にして果敢に、積極的に物事に当たらなかったことに対して、一人のぐずぐずも、班全員の責任として何かと罰直が待っていた。

でも、海軍では、何事にも訓練の教義の後、まず教班長が模範を示し、その後に我々にやらせ、素早く確実に出来ることを納得させるように教えた。これは、後の私の人生において、まず自分が何事においても率先実行して、見本を見せた後に後輩にやらせる習慣となった。口先だけでなく、先輩の技を盗んで覚え、後輩に見本を見せてやらせる方法が身に染み込んでいた。

これは、私の人生において仕事に対面した時、常にこの方法で解決され、自分で出来ないことは他人に押しつけない。また、いかなることも身を挺して当たれば、必ず出口は見つけられる。すなわち、何かの困難なプロジェクトを期間内に成就させるのに、自分と仕事との勝負。仕事が参るか、自分が参るかの勝負に賭けて人生を乗り越えてきた。

海軍からの教訓は、私には大いにプラスになり、計り知れない私の財産であった。何事に対しても、真剣に前向きに対峙する精神を植えつけられ、人間には能力および脳力はやる気次第でほとんど差はない。生まれながらに素質があるのを分からせられた。私は人間には、ある時期にはある程度の強制は人間形成上、必要であろうと思う。

## 海軍特別攻撃隊

土浦海軍航空隊の教育も卒業に近づきつつあった時、われわれ十四期前期の海軍飛行兵長の予科練習生は一同、格納庫に集合させられ、「国運の危機と戦機の挽回で、必殺必死の特攻兵器の必要性と、それに応え得る諸氏の堅固なる国難に殉じる旺盛なる精神を期待する」との講話があった。

### ＊川棚突撃隊基地（震洋・伏龍・回天・魚雷艇）

昭和二十年三月下旬、海軍甲種予科飛行練習生の課程を卒業。第一陣として土浦海軍航空隊の隊門を、分隊長、教員、班長、同期生および後輩に見送られて九州の川棚突撃隊の基地に転属。特攻兵器の震洋艇（通常マル四）の訓練が一ヵ月行なわれた。

川棚の特攻兵器訓練基地は、長崎県佐世保からJR大村線で南へ五十分下った大村湾沿いの川棚の町にあり、ここに魚雷訓練所を設け、かつ小串駅をも新たに設けられた（三月一日付で突撃隊となる）。ここに着任して、初めて人間兵器のマル四の特攻艇に相対した。

それは薄汚れた小さな全長五・一メートルのただのモーターボートでしかなかった。特攻艇全体は緑色のペンキも色褪（あ）せ、甲板も薄い板で、周（まわ）りはベニヤ板であった。私は何かひどく落胆した。これが私の終（つい）の命を託する兵器なのかと！

マル四の特攻艇は、昭和十九年五月二十七日の海軍記念日（注2）に試作が完成し、テストが現在の日産自動車株式会社の追浜工場のすぐ東で行なわれた。昭和十九年八月二十八日に新兵器として「震洋」と命名された。その命名者は、人間魚雷「回天」の命名者と同じ水雷学校長大森仙太郎中将（後に特攻部長兼務）である。

特攻艇の前部に二百五十キロの爆薬を載せて二十六ノット（約五十km／h）の速力で敵艦艇に体当たりする自爆特攻艇で、二百五十キロの爆薬は、半円形の缶に入れられて艇体の前部に収められている。

飛行機から投下する艦船攻撃用の二百五十キロの通常爆弾には、爆薬が六十三キロほど詰まっており、残りは爆弾の外側の鉄の重さである。すなわち、自爆特攻艇の二百五十キロの爆薬は、通常の爆弾四発が命中したのと同じ重さの爆薬が炸裂する計算になるようになっていた。

＊ここ川棚の特攻兵器訓練所での想い出

針尾海兵団の沖までの震洋艇による昼夜にわたる訓練では、よくエンジン不調が起こり、船板を櫂（かい）として使い、港に寄港したこと。

訓練外では、基地も急造で、兵舎も畑の上の仮兵舎で、夜にガラガラ蛇がでたりした。

また、兵舎の近くの琵琶（びわ）の樹木に一杯に熟した実が、われわれによってたちまちのうちに食べ尽くされ、戦後、戦友会で持ち主より苦情が持ち込まれていたと報告がされた。

当時われわれの年齢十七歳（現在の高校二年、十六歳）の少年は食べ盛りであったから、ある外出の時、道端の筵の上に干してあった乾燥さつま芋を、二つか三つの筵の上のさつま芋全部を買い求め、食べ過ぎて顎が抜けて夜・朝と昼食の三回、食事が出来なかったことや、烹炊所の横に毎日毎日、山のように積まれていた大根の山。来る日も来る日も大根の料理であったことが目に浮かんでくる。

四月、五月の九州は暖かく、休みの日曜日には、九州の海の澄み切った透明度と青さに惹かれ、一日遠距離を泳ぎ、途中で、この近くは鱶がいるのですぐ戻るように言われて帰って来たが、約三、四時間泳いで岸に着いた時は、足が疲れたのか、すぐには歩けなかったことを覚えている。長く水の中で泳いで岸に着いた時は、しばらくしないと普通に歩くことが難しいことを認識させられた。

海軍では、水泳は競争よりも長く楽に泳ぐことと感じたが、私は中学校時代に平泳で「かんかん流」（肩をほとんど水面上に出して泳ぐ方法）を習っていたので、予科練時代より何不自由なく楽しかったが、山育ちで水泳の何かを知らぬ友は、最初から三メートルおよび五メートルの飛び込み台からの飛び込みを余儀なくされ、何事も身をもっての経験と、それを克服する精神の涵養さを植えつけさせられていた。

中には鉄棒による懸垂が出来ず、時間を見ては鉄棒にぶら下がり、涙を一杯溜めて、懸垂が出来るまで何日も頑張っている姿もあった。積極性と努力によって克服する精神力が培われた。

この基地で、煙草と酒とを覚えさせられた。夜、兵舎で、当時、兵器の燃料エチルアルコール（ガソリンの欠乏による代用品）を少し許可なく戴き、食器にいれて火をつけ、青い炎がついたのを蓋をして消し、水で薄めて飲んだりした。また、煙草は、私は三、四人の同僚に取り押さえられて煙草の煙の吸引を強制され、自分で吸うと言って吸ったところで具合が悪くなり、半日寝たことを覚えており、その後、平気で吸えるようになった。

この喫煙も、一日に九十本も吹かすチェンスモーカーと呼ばれるまでになったが、五十五歳の誕生日を期し、意を決して禁煙し、現在に至っている。これも自分の子供に、「人間はこうと思ったら出来ないことはない」と言ったことに対し、「では酒の禁酒はできるが、煙草の禁煙は出来ないだろう」と問われて実行に移した結果であり、人間は堅固な意志があれば、何事も出来ないものはないことを証左してみせた。

＊横須賀へ転属。特攻基地三浦半島の松輪の江奈湾へ進出

特攻訓練課程も卒業となり、六月に特別列車で横須賀に転属。途中、列車の窓は締め切ったままだった。また、大阪か名古屋が空襲されたのか、だいぶ変則の回線を使って横須賀に到着した。途中の食事は乾パンと水であったことが思いだされる。

横須賀駅に着いて、小学校（多分、今の逸見小学校）の校庭で炊き出された昼食をとり、その夜は横須賀海軍集会所（現在の横須賀芸術劇場）に一泊した。明くる日、特攻基地三浦半島の松輪の江奈湾へと進出したのであった。

江奈湾口は三浦半島の松輪に位置し、われわれの兵舎はまだ出来ていなくて、民家の一室を借り上げ、一艇隊より四艇隊とそれぞれの艇隊ごとに民家の一室が配置された。本部は部隊長はじめ、艇隊長が住居として松輪の福泉寺の一角を使用し、奥の方を士官室としており、お寺の本堂はわれわれの講義等または余興の演芸会等の部屋として使用させて戴（いただ）いていた。

食事はわれわれ特攻隊員に対しては白い御飯（海軍では「銀飯」と言う。通常は脚気予防のため麦飯）、牛缶詰、蜜柑の缶詰などが充分に与えられた。また、煙草、酒、ビール等の嗜好（しこう）品も充分に配給され、毎晩、われわれの二艇隊の部屋では宴会が催され、敢闘精神と士気の高揚として軍歌を謳歌した。その一つに、

〽貴様と俺とは同期の桜
　別れ別れに散ろうとも
　花の都の靖国神社
　春の梢で咲いて会おう〽

と歌った歌詞が、いまだに桜の季節になると想い出され、自分も靖国神社に祭られる運

命にあったことや、愛国心と自己犠牲によって散っていった戦士に対して、外国の圧力により、国がいまだに公式に霊を弔(とむら)えない虚しさを感じている。

＊出撃準備の号令下る

昭和二十年八月一日の夜半。伊豆大島の見張所から、「敵の大輸送船団が、三列縦陣で大島の沖を北上中」との報告あり。敵船団の先は相模湾に向かっている。いよいよ敵の上陸か？

三浦半島の第一特攻戦隊第十一突撃隊のわが第五十六震洋隊にも、「出撃準備、待機」の命令があり、夜十一時頃、われわれ特攻隊員に出撃準備の号令が下った。皆、緊張の中、身支度を整え、身の回りの整理し、死後、恥をかくようなことがないように下着は全部新品に着替え、遺品は遺品として残し、宿舎の人に今日までの恩義に対して感謝の言葉を残して、出撃準備の整っている江奈湾口の海岸へ移動した。

谷沢少尉を隊長とする第三艇隊に、先陣として出撃することが決定しており、第三艇隊員全員は緊張の極に立っていた。他の艇隊は、次の出撃まで待機であった。

その間、夜の星空には、風もなく、海は夜光虫が光を漂わせている穏やかな江奈湾の桟橋近くで、各々腰を下ろしたり、仰向けに寝たりしていたが、一体こんな穏やかな雰囲気の中、誰が死地につかんとして征(い)くのかと疑いたくなるような、自分の心は澄んだ心境だった。

自分の命も後三、四時間。夜空の星を眺めて静かに思い浮かぶものは、少年時代に飛び回って遊びに暮れた山河、海、海岸。また、学びの学舎の小学校、中学校時代の生活等が瞼を通して頭の中を駆け巡る。

しかし、戦局は日々に重大化し、究極の目的は唯一祖国の勝利で、親、兄弟姉妹を愛し、友人を愛し、同胞を愛する故に、彼らを安泰に置くために、自己も犠牲にならねばならぬ。祖国が破れるなら、親、兄弟姉妹、同胞も安らかに生きていくことが出来ぬのだ。われら特攻の屍（しかばね）によって祖国が勝てるなら満足ではないか。従容（しょうよう）として逝（ゆ）く精神には何一つ惑いはなかった。

全員、緊張の中、「先の輸送船団は夜光虫の誤認なり」との訂正の電報で解散となり、ホッとしたのが偽らざる心境であった。われわれ二艇隊員の宿舎の家族の人々は、出撃で出て行くわれわれを見送ってくださったが、その時の悲壮な顔が安堵の様相に変わって、笑顔でわれわれを迎えて戴いたことが想い出される。

その後、新型爆弾が落とされたとの知らせで、その場合は白い服や白い物で体を覆（おお）うとよいとのことが知らされた。後でそれは原子爆弾だということが分かった。

## 敗戦

昭和二十年（一九四五年）八月十五日。十二時〇分、本部前（福泉寺前）に集合を命じられ、天皇陛下の放送をラジオで聞かされたが、ラジオがガーガー言っていて何を話されたのかはっきりせず、暗黙の中、多分激励のお言葉であろうと考えつつ昼食のため宿舎に帰る。ところが、土地の人が戦争に負けたと言うている、との知らせが知らされた。何か緊張感の糸が切れたようであった。

しかし、二日後の八月十七日、「戦備を固めよ」との意外な命令が下された。これは、伊豆大島沖を北上中の米潜水艦二隻に対しての命令であったようだが、それに対しては何事もなかったことが判明している。

## 復員

八月二十日過ぎ、「急遽（きゅうきょ）、復員、帰郷」との命令、身支度、退職金、帰郷までの食料等と、復員証明証を戴き、慌（あわ）ただしく江奈の基地の桟橋から船で横須賀の逸見の港まで送られ、横須賀駅前で各自、自由行動、軍隊という組織から開放された。

ただし、復員に際し、自分の故郷・樺太はソ連に占領されているので帰れないということと、「もしも帰るところがなかったら、この基地に帰って来い。食料は防空壕にあり、これで何とか出来るだろう」と部隊長に言われたことが想い出される。父の実家が秋田にあるので、まずそちらに行くことにした。

## 宿舎の人々

私たち二艇隊員は、常平さんの住居（屋号はチャエム）の二部屋を、兵舎が出来るまでの宿舎として使用させてもらった。われわれは一人前の海軍軍人にして国に殉ずる覚悟を決めていたのに対し、このチャエムの家族の人々は、われわれを我が子供の如く扱って戴き、戦後は言うに及ばず、今でも我が子が帰って来た如く、暖かく遠慮のない雰囲気で包んで戴いている。

戦時中は、毎晩の如くわれわれに、昼間、漁に出て捕ってきた伊勢海老、魚介類等の御馳走をして戴き、「何故、このような可愛らしい少年の兵隊さんが、特攻隊として死んでいかなければならないのか」と思われて、出撃まで出来るだけのことはしてやろうとのお気持ちの現われで、今でも親の遺言だと言って、われわれがお伺いすると、常に豪華な御馳走で歓待して戴いている。何と感謝してよいのか分からない。

## 今、思うこと

私には、国破れて、故郷の山河はなく、変わり果て繁栄のない故郷・樺太を見るのに、五十年以上かかった。敗戦により、親も弟、姉妹も裸一貫になって樺太から内地に引き揚げ、苦難の生活を強いられたが、現在、日本は半世紀にわたって戦争のない平和と繁栄を享受している。

あの太平洋戦争の、あの悲惨なる戦争を二度と繰り返してはならないという思いを強くし、平和の大切さを、後世に語り継ぐのが生き残った特攻隊員としての責務と思っている。

（平成十四年記す）

（注1）娑婆＝ア・一般の人の住む俗世界。イ・仏教語でいろいろな苦しみや欲望、誘惑などの多い人間の世界。

（注2）海軍記念日＝昭和十九年五月二十七日。これは、明治三十八年、一九〇五年のこの日、ヨーロッパのバルチック海からはるばるやって来たロシア大艦隊を対馬で大敗させた日本海海戦の勝利の日。

# 兄と二人で特攻隊へ

大野米三

私は、昭和二年八月六日生まれです。昭和初期の満州事変・支那事変、続いて昭和十六年十二月八日太平洋戦争突入など、挙国一致の軍事体制の中で幼少年期を過ごしました。当時の男子の日常の遊びは、鎌や鉈（なた）で桑の木や竹を削って刀や鉄砲を作り、田畑・原野、そして渡良瀬河原で兵隊ゴッコをして遊んだものでした。

足利工業学校の四年生の時に、教官より軍隊に入るように勧められました。当時、花形だった海軍予科練へ二歳年上の兄の功次郎と共に受験し合格、二人揃って入隊しました。

連日の訓練は言語に絶するほどの厳しさで、予科練魂・海軍魂を叩き込まれました。入隊から一年経過した頃、特攻隊員に命ぜられました。兄功二郎も同様でした。私は郷土や祖国を護（まも）るの信念に燃え、心身共に躍動しました。上官・同期生たちに土浦駅で見送りを受け、長崎県川棚特攻基地へ昭和二十年四月一日に配属されました。

この時、上官・同期生たち、さらに分隊長もしくは分隊士からの連絡によったものと思われますが、母と裏のおばさんとで、特攻という名のもとに、生きて還れぬ我が子二人の姿を見納めるかのように見送ってくださった姿は、今でも心の奥に染みつき忘れることは出来ません。

特攻艇は一人乗りの小型艇ですが、高速で操縦も容易であり、訓練にも活気がありました。二ヵ月間の訓練終了の頃、大村湾一周の夜間訓練がありました。台風のため風雨が烈しく、怒濤の海と化していました。故障や事故も多く、羅針盤のみを頼りに四点を廻って完走できたのは、わずか四艇だけでした。そのうちの一艇が私の艇でしたので、思い出深いものがあります。

川棚基地での訓練終了後、各基地へ再配属されることになりましたが、当時機密保持のため、隊員には出行先が分かりませんでした。もちろん、兄の行く先も不明でしたので、再度巡り会える機会のない惜別の感がいたしました。

同年六月、神奈川県三浦郡松輪へ再配属になりました。この地が私たちの最後の故郷となったわけです。風光明媚で基地近隣の人たちは人情に厚く、親子のような温かい待遇を受けました。この地での訓練は夜間が多く、海なし県出身の私には、夜光虫の光の素晴らしさや、飛び魚が飛び交う華麗さを見、海を盛り上げる鰯の大群の迫力さ、クラゲの壮麗な姿に感動しました。また、湾内へダイナマイトを投げ入れて、大量の魚を捕獲しました。

宴会の時に、上田艇隊長の首根っこを摑まえて皆で酒を飲ませて酔わせたりして、酔った艇隊長が踊られたのですが、それが可愛くて楽しくて（年上で上官なのに可愛いなんて失礼ですが）。規律と礼儀のけじめを守り、訓練では厳しく上官と部下として接しますが、それを離れると家族的な暖かさ、和やかさがある。これが海軍のよさだなとも思いました。

七月一日の夜半、敵の大機動部隊が本土に向けて北上中とのことで出撃命令が下され、搭乗員整列の号令が掛かりました。われわれの任務はこの時とばかり、二百七十キロの爆弾とロケット砲二発で敵艦轟沈の気構えで待機しておりましたが、後刻、大島の見張兵が夜光虫を見間違えたものだったと判明し、出撃命令が解除されました。この時は関東・東海地方の全兵力が戦闘体制に入ったとのことです。

八月十五日、玉音放送があり、敗戦の報を知りました。一時は箱根に立て籠りの話もありましたが、司令や特攻長の説得により、八月二十四日に郷里へ帰還しました。離別した兄も二ヵ月ほど遅れて、昭和二十年九月中旬ごろ、無事帰還しました。

兄は鹿児島県川辺郡笠沙町野間池の第百三十震洋隊、橋本部隊に配属されていたとのことでした。そこは鹿児島県野間半島の先端で、東支那海に面し、沖縄に近いところでした。出撃命令を三回受けたが、そのつど中止になったそうです。今、兄夫婦とはときどき旅行したり食べ歩きしながら、昔の思い出話などをしております。

それにつけても思うのは父母の愛の有り難さ。父は先祖伝来の日本刀二本を鞘と柄を海軍刀に直すために、はるばる群馬の高崎の刀鍛冶まで持っていきました。直った時はすでに私たち兄弟は九州の川棚に行っていましたので、刀はそのまま家にありましたが、それでよかったと思っています。母は土浦の知人のところを借りて、月に一回、おはぎや果物を持って訪ねてくれました。皆にも食べさせるようにと、食料のない時に沢山作ってくれるのですが、隊に帰って上官に見つかると違反だと叱られて、ここで食べろと別室で食べさせられました。今になって親の恩をしみじみと感じます。

時は移りましたが、今の世は全ての物資が溢れ、平和を謳歌していますが、この豊かな時代の陰には、多くの若い生命の尊い犠牲があることを忘れてはならないと思います。

戦後五十八年を経過した今日まで、福泉寺住職や地元の皆様ならびに岩館部隊長等に、毎年基地訪問、慰霊祭、その他に並々ならぬお世話になっていることを感謝申しあげます。

戦後の厳しい世相の中で、私がどうにか困難に打ち克ちながら、健康で日々を送ることが出来る幸せも、昔日の軍隊で鍛錬をした賜であることを忘れることなく余生を送りたいと念じ筆をおきます。

（平成十五年吉日記す）

# 第五十六震洋隊の思い出

上田恵之助



昭和二十年六月二十八日、川棚突撃隊（長崎県東彼川棚町新ヶ谷郷）で待機中の私と牟田誠少尉の二人に、七月八日付で第一特攻戦隊第十一突撃隊に配属が決まった（神奈川県三浦市三崎町油壺）。

七月二日、戦友たちの『帽振れ』の見送りをあとに、川棚突撃隊を退隊して陸路、横須賀に向かった。横須賀から、三浦三崎までは乗合バスがあるはずだが、空襲警報下で発車の見込みが立たないとのことで歩くことにした。

第五期予備学生として、五ヵ月間の基礎教程の訓練を修業した懐かしい武山海兵団の隊門付近で、軍のトラックを呼び止め、同乗させてもらい、正午頃、第十一突撃隊本部に到着した。本部の建物は東大臨海研究所を借り受けたもので、もう一棟、水族館があったと記憶している。

当直将校に本日着任の旨を告げて司令室に案内を受け、司令藤田菊一大佐に申告を済ませた。その時、「どっちが先任か」と聞かれた。新米少尉二人は、「わかりません」と答えざるをえなかった。司令の命に従い、「ジャンケン」で決めることになり、私が負けた。牟田少尉が小網代の第二十七震洋隊に、私が江奈の第五十六震洋隊に配属が決定した。この「ジャンケン」が、後に二人の運命を左右しようとは、その時は知る由もなかった。

（註…海軍には海軍士官名簿があって、士官の人事異動は電報で通知したので、「電報符」と呼ぶ背番号が先任順についていた。「電報符」を見れば、指揮権の継承、つまり「軍令承行」の順序が判るようになっていた）

この日の夜は本部士官宿舎にお世話になり、翌九日早朝、二人は互いの武運を祈り、それぞれの任地に向かって出発した。途中まで定期バス（海軍専用）に同乗して松輪との分岐点で下車、以後、徒歩で延々と畑の続く道を第五十六震洋隊（岩館部隊）に急いだ。

第五十六震洋隊の本部は、松輪の福泉寺と称するお寺の本堂にあった。衛門ならぬ山門をくぐり、衛兵に案内を請い、本堂の裏手にまわった。当日の当直将校は第二艇隊長の近藤健一少尉だった。

直ちに着任の申告をしたが、「部隊長は不在であるから、帰隊されたら申告してくれ」とのことで、ひとまず士官室に落ち着いた。この日は部隊長ほか各艇隊長は、艇受領のため留守であったと記憶しているが、今ひとつさだかではない。

当時の部隊士官・准士官（昭和二十年七月現在）は左記の通り。

指揮官兼第1艇隊長　岩館康雄中尉（予備学三期→航海→鹿島→光突→川棚突→11突〔日大工・士〕）

第2艇隊長　近藤健一少尉（予備学四期→艦艇〈水校〉→川突→11突〔東大法〕）

第3艇隊長　谷沢允少尉（予備学四期→対空→水校→川突→11突〔大谷大文〕）

第4艇隊長　笹井琢郎少尉（予備生一期→艦艇〈水校〉→川突→11突〔法大予〕）

本部付　寺本万一郎機曹長（普・缶・横須賀鎮守府→川突→11突）

基地隊長　飯塚長一郎兵曹長（普・砲・横須賀鎮守府→川突→11突）

整備隊長　佐々木隆夫機曹長（普・機・呉鎮守府→川突→11突）

翌日、改めて岩館部隊長に申告したところ、「本部からなんの連絡も受けておらんぞ」とのことで、私たちが補充艇隊長として発令になった今までの経緯をひととおり説明して、やっと納得していただいた。川棚突撃隊からの通達は、第十一突撃隊だけで、第十一突撃隊からの通達はなかったようだ。

翌日の朝礼で、隊員に紹介していただいた。部署も部隊長付（第一艇隊付）に決定した。これでいつ出撃命令があっても、補充艇隊長として出撃が出来る。予備艇二隻もそのためにある。艇隊長艇の搭乗員も、四名補充されているはずだ。基礎教程の終了後、水雷（水上特攻）を志願した甲斐があった。

搭乗員は、民家に各艇隊ごとに宿泊していた。兵舎は海岸近くに建築中で、完成までの仮住まいとのことだった。第一艇隊の宿舎は寺のすぐ下方にあって、民家の奥座敷が宿泊所にあてられていた。

搭乗員は、土浦練習航空隊第十四期飛行予科練習生から水上特攻隊を志願し、川棚突撃隊に入隊した第十一次震洋取扱講習員出身の二等飛行兵曹たちであった。宿舎において彼らと接した第一印象は、温和な童顔をした少年そのもので、弟のように思われたが、実は悪戯（いたずら）盛りの腕白揃いで、他の部隊の兵隊と喧嘩はするは、脱柵（だっさく）して夜遊びに行くは、まことに好奇心旺盛なその行動には、各艇隊長も目が離せんと嘆いておられた。

しかし、ひとたび号令がかかるや、その動作には目を見張るものがあった。駆け足しかり、体操しかり、訓練事はまるで人が変わったようだった。いつの日か敵艦に体当たり攻撃を行なう使命は、片時も忘れていないのだ。

彼らに関するエピソードを紹介する。ある日の酒保の時間のことだった。歴戦の主計古参兵曹が一升ビン片手に、イカの塩辛を持参してやってきた。「搭乗員が酒保物品を無断で持ち出して困る、取り締まって欲しい」と、くだをまきにやってきた。その訳を聞くと、主計科倉庫から無断で牛缶を持ち出した。いわゆる海軍用語でいう銀蠅（ぎんばえ）である。

しかし、彼の本当の目的は談判ではなく、搭乗員の銀蠅にかこつけて、私に対し酒の無心が目的なのだ。可愛い弟たちのために一升献上して、退散してもらった。後で聞いたら、相当量の缶詰がなくなっていたそうだ。

このように悪戯盛りの搭乗員だが、私が風邪で発熱して休んだときには、夜通し交替で看病してくれた。日がたつにつれ、彼らは何でも話してくれるようにもなった。死ぬときゃ一緒の覚悟を再確認できたのもその頃である。

着任最初の勤務は、当直将校の巡検のお供で、各隊を見回ることから始まった。お陰で各隊の宿舎の配置が判明した。次回から私も巡検を担当することになった。

七月二十日、吉川彰一少尉（第九期整備学生）が着任した。彼らは六月一日、川棚突撃隊付となったそうだ。予備学生五期とはコレス（同期）で、同期の仲の気安さもあって、よく私のところに遊びにきたが、温和（おとな）しい青年士官だった。

二十五日、横鎮第二回特攻演習が海防艦『四阪』を標的艦として相模湾で行なわれた。演習は敵情に鑑（かんが）み二四〇〇（午後十二時）終了に改められた。実戦と同じ状況で、外洋での演習は初めての経験だった。五型艇の性能は予想以上によく、標的艦をとらえて、夜光虫で黄金に輝く航跡を残しながら、攻撃を敢行した時の興奮は今でも忘れられない。

二十六日、夜明けと共に帰港したが、私は未帰還艇の誘導収容のため、第二艇隊長代理として再出港を仰せつかったが、思いもかけぬ惨事が待っていた。未帰還艇を誘導し帰港の途中、乗艇の五型艇が突如、爆発火災をおこした。消火に勤めたが、火勢は強くなるばかりだった。艇と運命を共にするのかと覚悟を決めた時、本部より派遣された内火艇が到着した。沈没寸前であった。

内火艇に搭乗しておられた特攻長松島少佐から、「後の処置は俺が取る」と退艇を命ぜられ、救援の震洋艇に移乗し、他の艇と共に帰港したが、艇は最後に黒煙を空高く吹き上げて沈んでいった。代理とはいえ近藤艇隊長の艇を沈没させて（注）、まことに申し訳ない次第だった。

翌々日、武山工作学校の地下室において、海軍中将主催の査問委員会に呼び出された。爆発時の状況を詳細にわたり質問されたというか、詰問されたというべきか、長時間にわたる査問委員会であった。

幸いにも部隊から同行してきた整備の下士官たちの助言もあり、また私の艇でもなく、任務も代理だったことも考慮されてか、結果的には無罪放免となった。その間、地下室の照明が今まで見たことのない明るさであったことが強く印象に残った。戦後、それが螢光灯であったことを知った。

七月二十一日、部隊長から呼び出しがあり、本部に伺うと、「第二十七震洋隊で部隊長以下六名の戦死者が出た。同期がいるだろう、様子をみてこい」と恩情ある計らいをいただいた。岩館部隊長と同期の石井四郎中尉、私の同期の牟田少尉、吉川少尉と同期の市川良雄少尉、菊池庄司兵曹長、木之下國義兵曹長、小林軍平上機曹の六名戦死。

八月一日夜半、「総員起こし」が掛かった。従兵が「出撃準備です」と知らせにきた。

直ちに本部に向かう。『出撃準備海岸に集合』を命ぜられ、宿舎に帰り、搭乗員に身の回りの整理を命じる。支度を終わり、宿舎の小母さんにお世話になったお礼を述べ、別れを告げたが、小母さんの涙に、ふと母の面影を見た。

江奈湾西海岸の基地前広場に集合を終わり、部隊長から命令が伝達された。現在、国会図書館に所蔵される当時の資料の内容は次の通りで、これに即応して「第一警戒配備」が発令になったものと推察された。

決三号作戦警戒電令作一四八號　海軍総隊八月一日二二四一発

一、大島見張所報告によれば二一四五大島の一八〇度三〇粁(キロ)に敵攻撃船団三千乃至(ないし)四千北上中

二、目下館山水偵隊敵情確認中

部隊長の命令は、海軍総隊発令の決三号作戦警戒にもとづいたものであった。命令の要旨は、「第一・第二・第四艇隊は、令あるまで各出撃位置にて待機。第三艇隊は令あれば先発隊として出撃せよ」というものであった。各艇隊長は、復唱して搭乗員と待機に入った。

その時の状況は、今でもはっきりと覚えている。部隊長の出撃に関する命令、そして各艇隊長の復命。その時、五十余名の搭乗員の目がらんらんと、一斉に私たちを見つめている。真っ青な顔、顔。

しっかりしなくてはと力むのだが、そのうちひざ頭ががくがくとして震えが止まらなか

った、武者震(ぶる)いか。先に髪の毛を切り、爪を切り、遺品となる物を整理し、従兵に渡した。決して怖(こわ)いのではない、なんでもないのだが、やせ我慢でもしようと物凄い形相だった。特攻の出撃とはこういうものかと思った。死に直面、壁の内側の死、特攻出撃、今も粛然とする。

しかし、夜明け頃、「先の輸送船団は夜光虫の誤認なり」の訂正電信が入り、決三号作戦警戒は中止になった。

八月二日、部隊長から呼び出しがかかり、本部より新しい命令を受領した。「上田少尉ヲ八月三日付、第二十七震洋隊附ニ命ズ」との転勤命令だった。先日の第二十七震洋隊で戦死された艇隊長の補充のための措置であった。もともと補充艇隊長であったから、この辞令は妥当な発令と受けとめた。これでやっと補充がとれ、正式に艇隊長になれるのだと覚悟を新たにした。

三日朝食後、部隊全員の『帽振れ』の見送りを受け、一ヵ月に満たぬ第五十六震洋隊勤務を終わり、島田隊員運転の「サイドカー」で山門を後にした。

（註…特攻演習で、私が近藤艇隊長の艇を沈めたことは、隊の皆が口を閉ざしているが、事実は事実である。正しい部隊史を書く以上、避けては通れない。今、真実を明記して、故近藤艇隊長の霊前に捧げます）

（平成十五年五月二十八日記す）

# 同期市川少尉と水上特攻隊基地へ

吉川彰一

……なにしろ五十七年も前のことで、断片的にしか思い出せません。（皆忘れたと言うほうが正しい）……

昭和二十年の六月に、大村湾川棚にあった突撃隊整備課程を終えて、任地小網代に向かった。川棚駅で同期の市川に会い、〝行き先が同じだったので良かったな〟と思ったのも束の間、「佐世保発下関行」の乗り換え駅南風崎（はえき）（今はいき）は超満員、来る列車いずれも超満員。とても乗れる状況ではなく（前日、佐世保は大空襲とかで、罹災者（りさいしゃ）の群れででびっくりした）、呆然と見過ごした。

駅員が来て、「とにかくステップに足掛けて、何かにしがみつくつもりでないと駄目だ」とハッパをかけられたが、駅を二つ三つ進むと全員降ろされ、しかも警戒警報下で無灯火運転のため、牛車と同じスピード。これじゃあ歩くのと変わらないなと思ったが、移動用の大トランクと行李の荷物を持っているのでどうにもならず、一ヵ月ぐらいかかるつもりで行こうと話し合い、成り行きまかせで移動することにした。

途中、何駅で降りて半日待ったか、丸一日待ったか記憶にない繰り返しを重ねて、逗子駅にたどり着き、駅員に月日を聞いたら、予定より一週間ほど遅れてびっくり。市川は先に行ったかなと気にしながら、駅の小さなベンチに横になり、うとうとしたら起こされた。目を開けたら、市川が「一緒でよかったな」と言ったのを思い出す。駅員に、「昼は歩いたらP38の襲撃を受けるので、暗い時でないと歩けないから、早く出て夜が明けたら木陰に入ってじっとしていたらよい」と教えられた。

夜、油壺について、司令部特攻長松島少佐に申告挨拶すると、「よく無事来られたな」と言われた。市川は小網代、私は松輪と決まって、「小網代の震洋隊は近いが、松輪は約四キロあるから、今すぐ出発すれば夜明けには着くだろうから、すぐ出発するように。隊長には電話しておくから」とかで、月明かりのもと、松林の山道を上下していると、プーンと海の臭いがした。

着いたな、もう近いなと思いながら進むと、消防車庫の小さな赤ランプが見えた。どう考えても夜中なのに小さな子供が遊んでいて、やがて子供をおぶったお婆さんが見えた。

こんな夜中におかしいなと思いながら声を掛けると、「私は福泉寺の老母です。隊長さんから、新任の吉川少尉が着任予定なので、案内してやって下さいと頼まれています」と言われてびっくりした。昭和五十一、五十二年頃、戦後三回か四回目の松輪の会に参加した折りにこの話をしたところ、「多分、その赤ちゃんは私だと思います」と、現福泉寺住職さんが言われて、もう三十年にもなるのかと、感無量だったのをつい先頃のように思い出す。

燃料の関係で月に一、二回訓練に出ていたようだが、松輪の人たちもその日は漁の出来る日で、一緒に出て一緒に帰り、家族全員も手伝って後片付けをするなど、寝る時間、起きる時間も同じリズムで生活していたようだ（隊員はそれぞれの家に分宿していた）。

お寺の前庭に毎朝、全員集合して、朝礼・体操をやり、それぞれの勤務場所に戻り、岩館隊長以下、各艇隊長は奥の部屋で必要なミーティングを行なった。

正味一ヵ月半ぐらいだったので、全艇参加（小網代と合同）の演習は、着任したその日とあと一回ぐらいだったと思う。市川少尉は着任したその日の演習に参加し、明け方帰投が遅れてP38に襲撃され、隊長石井中尉以下三艇がやられ、六名の戦死者を出した。このことがあって、上田少尉が松輪から小網代に急遽（きゅうきょ）、赴任した。後日、合同葬が行なわれて岩館隊長と私が合同葬に参加した（松輪の隊は、全艇異常がなかった）。

八月初め頃？（今まで艇には爆弾装置をしてなかったが）爆装を完了した。いよいよだなと、身の引き締まる思いがした。しかし、予科練出身の艇隊員は、今まで通りの呑気なもので、日常の態度に少しの変化も見られなかった。爆装をしたら艇の頭が重いので、今までのようにはスピードが上がらず、故障も多くなったように思えた。

松輪に来てから一般の新聞が読めるようになったが、全般的な状況など何一つ分からず、八月十五日になって重大放送があるとかで、全員ラジオの前に整列したが、「ガアガア」音がするだけで内容が分からず、司令部からの連絡などで、終戦を知った。

幸い、松輪の基地は最後まで基地として発見されず、松輪を目指しての敵襲はなかった。このことは、日夜協力していただいた松輪の人たちにとって、「良かったな」としみじみと思う。


（平成十四年記す）

＊「市川少尉とどちらが小網代か、四キロもある松輪に配属されるのか分からず、ジャンケンで決め、負けた方が遠い松輪に行くことになったが、これが生死の境ともなったとは……。重いトランクを背負い、海軍行李を持って、細い山道を歩くと、百メートルも行くと疲れて一休みする。振り返ると、市川少尉が白い手袋を振っているから、こちらも白い手袋を振って歩き出す。しばらく行って振り返ると、まだ立っていて、白い手袋を振っている。もう居ないだろうと思って振り返ると、まだ白い手袋が見える。市川はあの時、何かを感じていたのかなあー」
吉川氏と電話でお話しあったとき、吉川氏はしみじみとした口調でこう話された。

# 今、思うこと

佐怒賀一美

今、私共は二人暮しの生活ですが、数年前から地元の老人会に関わり、ゲートボール、グランドゴルフ、ペタンク等、年寄り向きのスポーツや会としての行事（各種講座・親睦会）などで元気に楽しい日々を過ごしています。町でも高齢者福祉に重点を置いています。過酷な戦時中の生活から平和な時代を築き上げた我々への福音か、生きている幸せを、感謝しながら毎日を大事にしています。

しかし、いつも心の中に在るのは、五十八、九年前の厳しい試練に終始した十六、七歳の予科練時代のことや、特別攻撃隊員として九州の川棚に行き、水上特攻隊震洋に配属され、終戦二ヵ月前に三浦郡の江奈湾基地に配属され、いつ敵に遭遇するかという緊張の日々であったことなどです。

そうした中で培われた「予科練魂」と、堅く結ばれた絆は決して忘れることがありません。われわれ第五十六震洋隊は、隊員全員が無事に帰還しましたが、戦死あるいは目的基地に行き着かぬうちに海に沈んだ戦友も数多くいます。

壮烈な戦いと、華々しい戦果を挙げた空中・水中の各特攻隊に比して、陰の存在に過ぎなかった水上特攻隊ですが、若干十六、七歳の少年が、金でも、名誉でもなく、祖国の安泰を胸に抱き、黙って死地に赴(おもむ)いた『予科練』という集団のあったことを後世に、そして戦争の惨(みじ)めさと平和の有り難さを伝えるのが、われわれ生存同窓の責務と心掛けしています。

（平成十六年記す）

# 少年よ、信念を持って行動しよう！

清都武夫

私は震洋特別攻撃隊第五十六震洋隊岩館部隊の隊員ではございません。隊員の皆さんとは予科練の土浦海軍航空隊で一緒に訓練を受け、土空甲十四期予科練の中より選抜により震洋特別攻撃隊の隊員になるべく、長崎の川棚突撃隊に入隊。

早朝出撃訓練中、入港艇と私の出港艇とが接触衝突しかねない時、一瞬、頭の中にお国の特攻艇を壊(こわ)したら申し訳ないという思いがひらめき、相手の艇の後上甲板部を足で蹴ったら右足首の骨折となり、すぐ諫早の海軍病院に入院しました。当時、川棚では部隊の編成前でしたので、震洋特攻隊の隊員になれませんでした。残念の極みでした。

二ヵ月有余の病院養生、退院となり、一度川棚に行きましたが、軍籍は原隊となっており、土浦海軍航空隊に帰り教員として勤務、土浦で終戦を迎えることとなりました。

終戦当時の心境は、負けた苦しさと、家族に会えるという喜びと半々で、大変複雑なものでした。

終戦後、旧土浦海軍航空隊で年一回の慰霊祭に参加し、久方振りにみんなと再会できた喜びは一汐でした。三、四年後の慰霊祭に松輪の会の戦友たちから、生死を共に震洋に命をかけた仲だからとのこともあり、松輪の会に入会した次第です。ほかにも同じ戦友で鵜原の会といって、松輪と同様の特攻基地もすぐそこにあります。

私も来年齢七十七歳、喜寿の老人の戯言（ざれごと）とお聞き流しください。私たちの少年時代は、ただただお国のためにと我が身を国のために捧げ、大事な家族を守らんがために、十七、八（数え年）の少年が、中学を中途で志願、予科練としての日々の猛訓練。これは言語に絶するものでした。毎日の心身共に鍛え、苦しみに耐えて来られたのも、少年たちが国を愛する心からの予科練魂・海軍魂にほかならないと思います。

私たちから見た現代の若者の心はどこにあるのか、分かりかねます。自己的に自殺したり、家庭内暴力など、私たちには考えられないことばかり。この世に生を受けて我が身の行くべき道を持つ信念があるのか、疑いたくなります。現代はこれでよいのかも知れませんが、私たちと意志の相違かも知れません。苦語悪しからず。

（平成十四年記す）

# 子供へ、そして孫へ

鈴木正二

震洋特別攻撃隊第五十六震洋隊岩館部隊の私は、沢山の戦友がいる幸せ者です。常に感謝しております。毎年六月に再会しておりましたが、本年（平成十四年）は薄井さんが入院している様子なので中止のようです。毎年の再会も定まった人になっておりました。年を取ったからかなーと思います。

岩館部隊の生活は、福泉寺本堂において午前中は毎日、隊長の精神教育。午後は震洋の訓練。私はいつも辛いと思ったことはありませんでした。反面、教育とは恐ろしいものだなあー、と今、思います。死ぬことを喜んで国のために働くことができる。親兄弟にも喜んでもらえると思っていました。

また、お世話になった宿の家族の方は漁師さんだったので、毎日捕りたての魚を御馳走になりました。子供二人、軍隊にいっておられ、一人の方は戦死されたようです。ご家族や兵隊に行かれた方のお気持ちは分かります。

昔から日本は負け知らずの国だった。しかし、政治と軍隊は別でなければならないと思いました。東条さんみたいな人が政治を執ったから……。真珠湾攻撃をしてから宣戦布告をするなど。そしてアメリカは広島・長崎に原子爆弾を投下。何百万の人が犠牲になったのではないでしょうか。今なお被爆者が苦しんでいるでしょう。全国いたる町にも爆弾が投下され、焼け野原になり、多くの人が苦しんだでしょう。

私は、二度と戦争はしてはいけない。止めるべきだと思います。

（平成十四年記す）

# 松輪の会での話の中から（平成十一・十二・十三・十五年）

震洋特攻隊岩館部隊搭乗員

「艇が緑色に塗ってあったから、『㊃震洋』をニックネームで『五月ガエル』とも呼んでいたね」

「飛行機乗りになるつもりで、土浦の航空隊予科練に入隊したのだが、飛行機も、水中を行く特攻艇も造れなくなったんだな。全員、特攻隊を志願した。その後のこと、集合一列横体に整列して、名前を呼ばれ、返事をして一歩前へ出る。自分たちの時は、その者たちが震洋特攻隊に編成されて、川棚へ移動。そこで俺たちは第五十六震洋隊に編成され、後の者は別の部隊に散らばって行った。長男もかまわずの指名特攻だった。数え年十七歳～十八歳、今の高校二年の年齢だった」

「俺たちは、特攻兵器の部品の一つだった。そこでは人間ではなかった。ベニヤ板一枚の艇は、緑のペンキで塗られていた。燃料もガソリンがないからエタノール・アルコールで、先頭に火薬を詰めて水上を行く。一人乗りの艇一型と艇長と二人乗りの五型と二つの型がある。四艇隊あった。一つの艇隊は五型一艇と一型十一艇ぐらいの十二、三隻編成だった」

「九州の大浦湾で艇の操縦訓練をしてから、横須賀の方へ来た。松輪では四軒の民家を一艇隊ずつ宿舎にした。みんないい人たちで、今も一年に一回訪ねるのが楽しみだ。自分の家のような気がする」

「精神教育が主で、死をなんとも思わない訓練だったと思う。二時間ほどの精神講話があった。死ぬまで死ぬとは思わない、死んでも生きて帰れるんじゃないか、そんな気さえした。純粋無垢(むく)だったんだねえ。飛行機の特攻隊で、中には故障だと言って途中から帰ってくる者もいたらしいが、予科練出身の者には、そんなのは一人もいなかった」

「予科練と川棚時代の訓練は厳しかった。しかし、海軍で培われた海軍魂は良かった。あのお蔭で、終戦後から現在までの精神的にも生活的にも苦しかった時を乗り切って来られた。あの時は復員してから、目標を何にしたらよいのか。自分の将来をどうしようか。分からない時代だった。海軍魂で鍛えられたお蔭で、耐えて乗り越えて来られた」(皆、同感とうなずく)

「死ぬことが怖いとは思わなかった。死ぬとはどんなことか、死ぬその時でないと分からないかも知れないな。死んでもまた、生きてくるような気さえしたりね。毎日二時間の精神講話を聞いたりしていると、一種のマインドコントロールされたみたいでね」

「艇は故障が多かった。怪我をした者もいたけれど、皆無事でよかったよ」

「訓練中に艇を破壊させた時は、本部に岩館部隊長が報告に行った後、みんなどんなに怒られるかとヒヤヒヤしていたが、部隊長から、『艇を壊したのはいかんが、元気があってよろしいと言われたよ』との言葉を聞いて、みんなホッとしたな」

「敵機が来た時は迎え撃つつもりで配置に付いたが、部隊長が『待て！　今敵に気づかれたら、基地のあることを知られて空爆される。我慢しろ』って、はやる自分たちを懸命に止められたが、それで基地が爆撃されなかった。民家の人たちも無事でよかった」

「岩館部隊長は真面目で筋金入り、厳しいけれども、柔軟な考え方をする立派な人だった。艇の構造を自分から中に入って調べたりする人で、この人物なら東京を守ることに成功するだろうとされていたという。第五十六震洋隊は、もっとも東京に近い重要地点を任されていたと聞いた」

「海軍士官は外国との交流もあり、髪を伸ばして良かったが、部隊長は伸ばし放題で肩にかかりそうなまで伸びていた。特攻長が来た時に聞くと、『髪を切る暇がない』という答えで、特攻長命令で髪を切ったという話がある」

「千葉の白浜が、九十九里浜が艦砲射撃されたというが、ドカン、ドカンという腹に響く音を聞いたのはどこのだろう」

「平塚の方では、相模湾の沖の方に敵艦の姿を見たという噂もありましたよ」

「午後十一時頃か出撃準備命令が出て、袋を渡され、爪と髪の毛を入れたが、遺書を書けと何回も命令されても、書いた者はそんなにいなかったのではないか」

「全員、浜に集合して水杯を交わし、最初に出陣する第三艇隊は、エンジンを掛けて命令が出たらすぐ出撃する体勢をとった。あとの一、二、四艇隊は、海岸で待機していた。シーンとしてエンジンの音だけが聞こえる。夜明け近くなった時、遠くから叫び声がかすかに聞こえる。だんだん近づいて来ると、『待ったー。待ったー』と言っている。本部伝令の島田が一生懸命に駆けてくる。出撃中止だった」

「あの時、島田さんは本部から必死に駆けて、口から心臓が飛び出るかと思うほどだった。一人でも死なせてなるものかと無我夢中だったと、話していましたよ」

「あの水杯の酒は、恩賜の月桂冠だったそうですよ」

「月夜だった。浜で待機して腰を下ろしていた時、あと数時間か、短い命だったなあと思った。故郷の山や川や学校などが頭に浮かんできたが、皆もそうじゃなかったのかなあ」

「夜遊びもしたな。本部伝令が人員点呼に来るんだが、『異常なし』ってね。どこかの艇隊では、宿の子供を布団の中に入れて員数を合わせたりしてね。それでも伝令は、本部に『異常なし』だったね」

「夜、そっと海へ出て火薬を仕掛けて魚を捕ったりもしたな」

「本部ではちゃんと気が付いていて、目が離せないと苦笑いしていたようですよ」

「宿舎の人たちは、みんないい人たちだった。出撃の時、御赤飯が全艇隊員に配られたから、軍隊からだと思っていたら、宿舎の人が枕をほどいて中の小豆（あずき）で作ってくださったのだと、一昨年の松輪の会で訪ねたとき聞いてびっくりした。感謝の気持ちを込めて米を十キロ送ったが、有り難かった」

「御馳走になったなあ。軍隊からも銀飯やいろいろのおかず、牛缶、パイン、蜜柑、桃缶など贅沢だった。死にに行くからだろうが、後の隊員たちの食事は酷（ひど）かったという。それを知っていたら、分けてあげたのになあ」

「八月十六日、十七日には、小網代の二十七部隊から、部隊長が艇隊長や搭乗員を率いて来て合流したな」

「生きていてよかった」

「平和な時代に生きられて幸せだ」

「二十歳まで生きられないと思ったのが、今こうして生きていられる幸せをしみじみと感じる」

「十七、八歳の子供が戦場に行くなど、二度とあってはならない」

「罰だからって、制裁を受けたのを恨んではいない。人生観を通してプラスになったと思っている」

「厳しさが身に着いているから、我慢ができる。若い子に厳しさに耐える、我慢することの大切さを教えたい」

「危険なこともあった。危機一髪という時もあったが、こうして岩館部隊の全員が一人残らず無事に帰れたのは、この本部の福泉寺の観音菩薩の御蔭だと感謝している」（皆も同感とうなずく）

「平和の有り難さをしみじみと感じるが、今の若い人には分かるだろうか」

＊毎年五月末頃に福泉寺の本堂で、全員無事に帰れた感謝の思いと、亡くなった方たちへの法要が営まれている。

出席者　薄井甚一・芦名五郎・荒井章三・大野米三・齋藤一正・佐怒賀一美・鈴木正二・鈴木玉太郎・沢畑英・福泉寺住職。電話でお聞きしたことも入れました。ご了承ください。出席者の中からも亡くなられた方が出られたのは寂しく悲しく、心からご冥福をお祈りします。

（平成十五年六月まとめる）

# 震洋隊の歌と寄せ書き

〔同期の桜〕

一　貴様と俺とは同期の桜
　同じ（航空隊の）松輪の庭に咲く
　咲いた花なら散るのは覚悟
　　見事散りましょ　国のため

二　貴様と俺とは同期の桜
　同じ（航空隊の）松輪の庭に咲く
　血肉分けた仲ではないが
　　なぜか気が合うて別れられぬ

五　貴様と俺とは同期の桜
　離ればなれに散ろうとも
花の都の靖国神社
　庭の梢に咲いて会おう
　　（三、四は省略しました）

〔男なら〕
男なら　男なら
　散れよ　にっこり
　　太平洋に
富も名誉も名も恋人も
　捨てて盡くさん大君に
男ならやってみな

男なら　男なら
　くよくよするな
　　浮世のことは

国を思って眠れぬ夜は
　一人剱を撫して寝よ
　男ならやってみな

〔震洋隊の歌〕

（作詞者・作曲者不明。戦時中、特攻隊員が口ずさんでいたのを大野米三氏が紙面に写された。＊ラッパと詩吟は戦後につけ加えたもの）

（君が代ラッパ…軍艦旗掲揚・降下及び皇室の方への敬礼の時）

一
震洋凛々しく　神州離れ
金波銀波の　波間を行けばよ
誰とて見送る　人さえないが
泣いてくれるは　母さんばっかりよ（繰り返し）

（海軍の国の鎮めラッパ…神社・仏閣で祈る時・鎮魂）

二　波のしぶきで　ニッコと笑い
光る羅針儀　機関の音によ
胸は高鳴る　闘志が踊る
泣いてくれるは　母さんばっかりよ
（詩吟）
撃滅の精神　烈火の如し
自ら爆弾を抱きて　巨艦を葬る

三　あきらめしゃんせ　わしゃ特攻隊よ
若き命を　蕾（つぼみ）で散らすよ
今じゃ惜しまぬ　御国（みくに）の御盾
泣いてくれるは　母さんばっかりよ

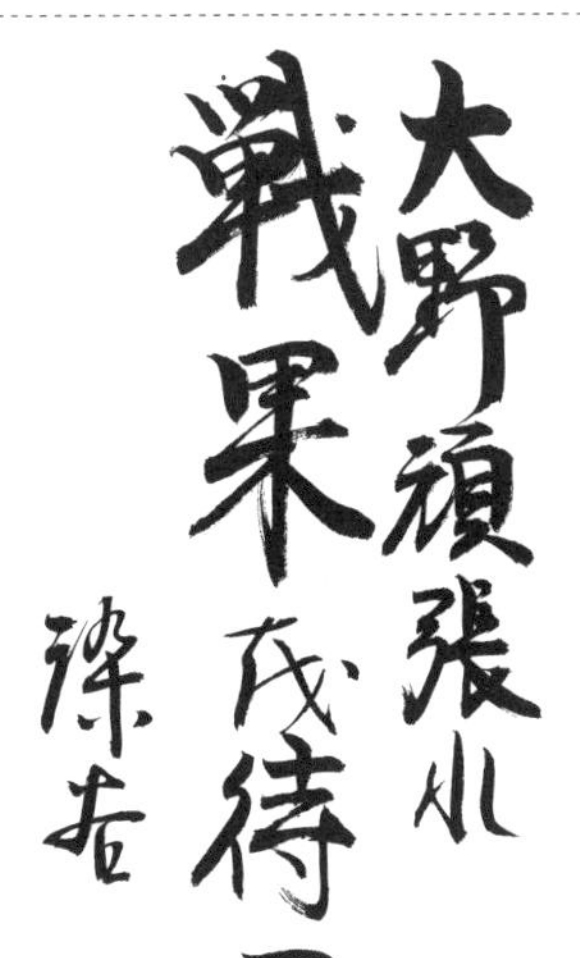

大野頑張れ
戦果を待つ
深右

昭和十九年三月 決戦下
土浦海軍航空隊 同期生より
特攻基地へ向う小生に贈られた
激励書

大野米三

祈必勝
為大野米三兄
草莽之御楯
海軍飛行兵長
金木幸司

死んで
護国の花と
咲け
己れは後から続く

松本二郎

片道攻撃
共ニ死ナン
青山飛長

咲カセ予科花
舟木〻長

眞剣
佐用〻長

忠誠

# 第五十六震洋隊搭乗員宿舎の家族は語る

藤平治夫

## ＊第一艇隊宿舎

第一艇隊員の宿舎だった時は、祖父の藤平政信と、祖母のラク、小学校の校長をしていた父の威治、母のみさほと私との五人家族でした。私たちは葉山から疎開して来ました。父は教員で帰りが遅かったので、隊員の話は聞いていなかったし、私は小学校三年生だったから、その頃のことははっきりとは覚えていないので、詳しくお話できなくて申し訳ないが、覚えている範囲でお話しましょう。

家の間取りは図のようで、今もその当時のままです。南南東の表二間が艇隊員の部屋で、家族は奥の二間を使用していました。

祖父は農業をしていました。麦、粟、さつま芋、大根ほか野菜を作り自給自足。この頃はほとんどの家に漁具があり、私の家にもありましたから、祖父の代以前には漁業もやっていたらしいです。

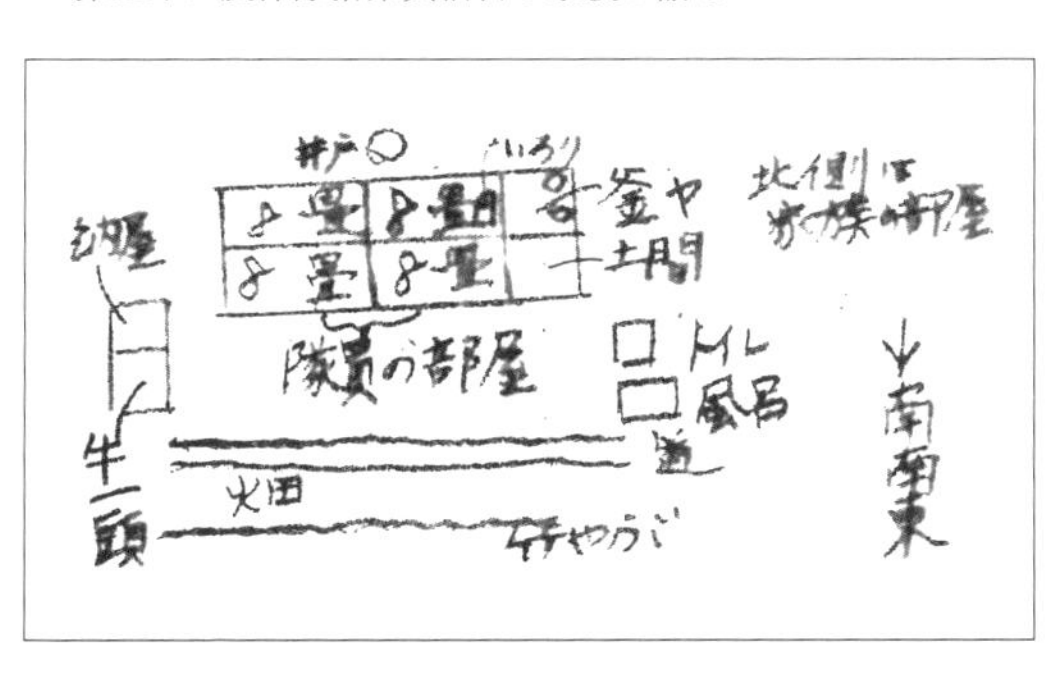


隊員は若いから血気盛んで、夜遅くまで寝なかったから、よく祖父に、「うるさい。行儀悪い」と叱られていました。祖父は明治元年生まれで、気骨のある人でしたから、厳しくて私もよく叱られました。

私たちは麦や粟が主食でしたが、隊員は白飯や缶詰など、いい物を食べていたから、いつも炊事場に行って見ていました。欲しかったですね。たまに貰ったりしました。

お風呂の水汲みは大変だった。家の裏側の井戸から汲み上げて、表のほうの風呂に入れるのだから重労働でした。

松輪から引橋に出る真ん中辺りに陸軍の軍道があり、江奈湾沿岸は要塞地帯で、一般人は中に入れなかったが、土地の者は入ることも泳ぐことなどもできました。剣崎から灯台周辺の東京湾に面したところは厳重でしたが、剣崎小学校のあたりは水遊びをしたり、海藻やあわびなどの貝を取ったりできました。

雨崎には戦後、爆弾や手榴弾・風船爆弾などの処理工場がありました。ここは祖父の畑があったところで、今は下水処理場になっています。海に風船爆弾が浮いていて、子供たちが悪戯して爆発し、血の海になったこともありました。崖の上の倉庫では、戦後、民間の略奪があったようです。

隊員の人たちは、八月二日の出撃命令が中止になって帰ってきた時は、興奮して罵り合ったり、喧嘩したりしているような大声がしました。大体の隊員は軍刀を持っていて大事にしていましたが、この時はこれを振り翳して竹を切っている人もいました。

終戦の詔勅の時は、緊張していました。玉音放送を聴いて帰って来た時は、元気なく泣いている人もいたし、軍刀を振り回している人もいました。

階級の差を見せられたのは、身内の飛行将校が帰ってきた時で、皆がいっせいに起立し、直立不動の姿勢で敬礼したのにはびっくりしました。

可愛がっていただいた人の名前は、今でも覚えています。岩館部隊長の名も覚えています。

祖父政信は昭和二十八年に八十六歳で、祖母ラクは昭和三十一年八十歳、父威治は昭和五十七年に七十五歳、母みさほは平成元年八十二歳で亡くなりました。

毎年五月末か六月初め頃に、第一艇隊の方たちが顔を見せてくれるのですが、今年は訪れがなかったのは雨が降っていたからですね。みなさん、お歳を取られましたからねえ。

＊幼稚園を経営していられ、お忙しい中を快く時間を割いてお話頂き感謝致します。

（平成十五年五月訪問）

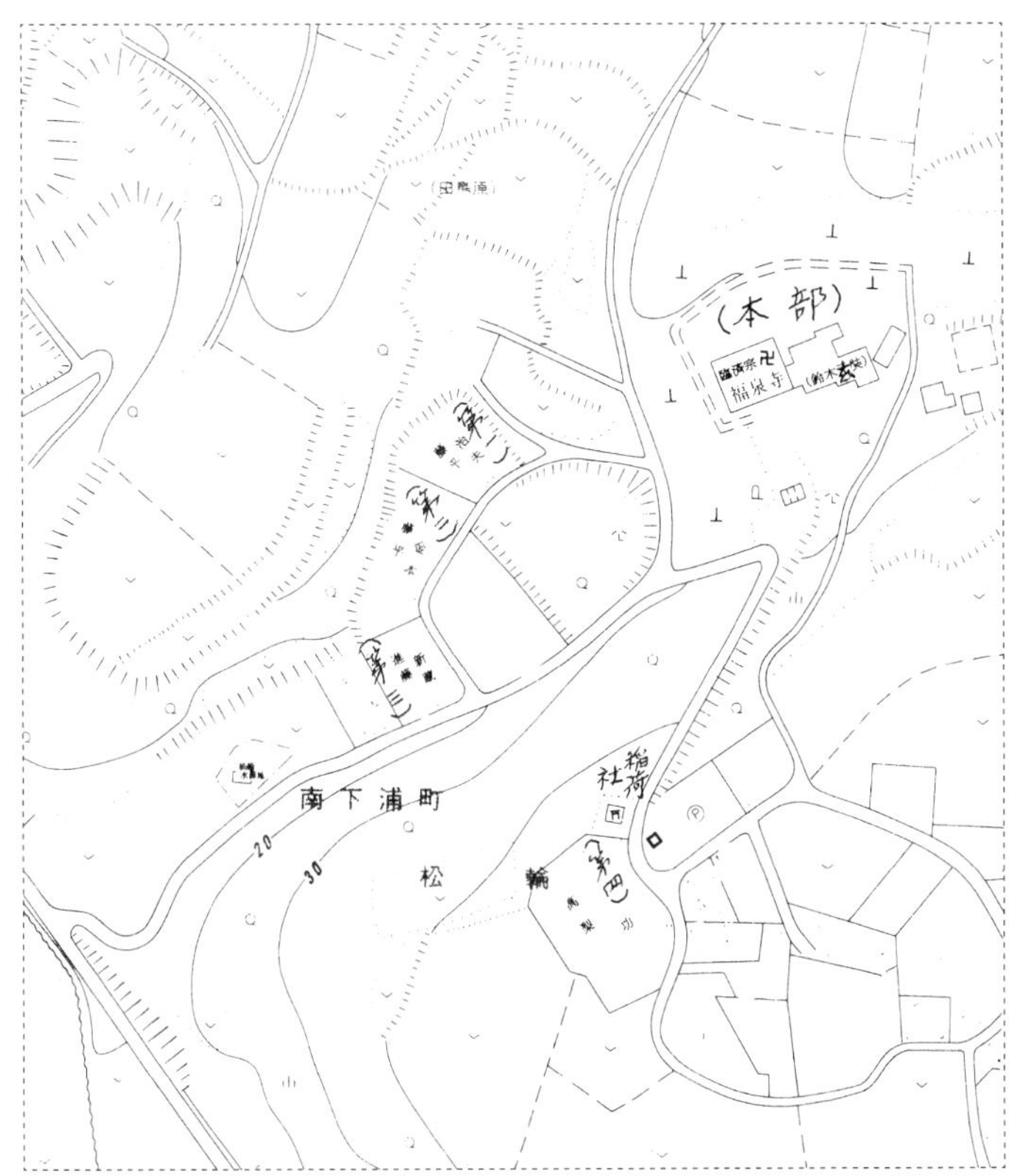


第56震洋隊本部の福泉寺と搭乗員の第１～第４宿舎

5型震洋艇（2人乗り）後部左右に12センチの噴進砲（ロサ弾）発射架台がある

福泉寺境内（第56震洋隊本部）

福泉寺本堂（本尊横の部屋）旧部隊長室

三幹の高野槇。特攻隊記念樹

第一宿舎。藤平治夫氏

第四宿舎。高梨功氏

第三宿舎。進藤兼次氏

第二宿舎。藤平金本氏と家族

藤平金本（屋号チャエム）

## ＊第二艇隊宿舎

昭和二十年六月に第二艇隊隊員十二名の宿舎になったのは、親の藤平市松とヤスの時代であった。漁業を営み、子供は六男二女の八人兄弟。長男と次男は戦地へ行っていた（無事帰還）。現在の主人の私は四男で、当時は十四歳（満十三歳）だった。

屋号の「チャエム」は、先祖の「茶右衛門」からきたものと思われる。私の名が「金本」と付けられたといわれは、人に聞いてもよく分からない。子供は五人だが、今、この家には私と妻のタケと長男喜一と春子夫妻にその子ども（孫）三人のうちの一人がいるという五人家族だ。

引橋に陸軍本部があり、雨ヶ崎には高射砲陣地があった。私たち中学生は萱を刈って干して担いで学校へ集め、軍馬の飼葉にした。

搭乗員である隊員は、皆明るく爽やかな少年で、賑やかだった。庭に面した八畳二間を十二人で使い、家族十人は六畳と八畳で雑魚寝だった。部屋代は貰っていなかった。

印象強かったのは、普段着ていた航空兵の服装と食べ物だった。あの白いマフラーと飛行帽は格好良かったし、牛肉の大きな缶詰は、食べたい盛りの子供にはすごい魅力だったから、航空兵に憧れてなりたいとも思った。

食料は毎日、本部から食缶に汁や米飯・牛缶などが運ばれて来た。食器はアルマイトだったと思う。

毎朝、隊員が出掛けるときに母のヤスは、「兵隊さん、今日は何食べたいかあ」「○○食べたーい」「そうかあ」という調子で、我が子のように思っていたようだ。

家の者には食べさせないで、漁で捕りたての鯛や海老などを出して御馳走していた。きっと戦地にいる息子たちのことを思っていたかも知れない。家の者は薩摩芋やじゃが芋だった。

風呂は釣瓶井戸から水を汲むから、いちいち水を取り替えられない。しまいには水は黒ずんでくるが、その後に家族が入った。とにかく母のヤスは、我が子より兵隊さんが大切で、

「それ食べては駄目だー。兵隊さんの食べ物だー」って怒られる。俺たちだって食べたい盛りだぞー、って膨れてもみたくなる。親父は、「俺よりも兵隊さんの方が大切なんだから」とぼやいていた。末の弟は美味しそうなので、ビールを飲んで熱を出したことがあっ

た。たまに御馳走になったこともある。

親たちは、よく「こんな可愛い少年たちが、なんで死にに行かなくてはならないのか」と言っていた。

隊員たちは夜遊びに出て行ったりしたといっても、今のような遊び場所はないから、村の若者や娘さんたちのところへ行って話をしていた。蜜柑の缶詰などを土産に持っていったりして。班長だけは一人残っていたという。復員して、しばらくしてから皆が集まった時、娘さんに会ったら、みんな結婚していて、ちょっとがっかりしたらしい。火薬を使って、海中の魚を捕ったこともあった。

軍港空襲の時は戦闘機が、丘すれすれに低く帰ってきて、漁師の舟も機銃掃射にあい、海に飛び込んで逃げた人もいたが、殺された人も何人もいた。

震洋隊の来る前だが、今の久里浜の東京電力の沖の空中戦を見た。こっちの飛行機がやられてね。高いところに上がると見えるんだ。

東京や横浜の空襲のときは、B29が悠々と飛んでいくんだ。そっちのほうで黒い煙が盛んに上がったのを見た。帰っていくB29に、高射砲の音がパン、パンと聞こえるぐらいだった。

出陣命令が出た時は、だれ一人ものも言わず、ただ黙って下を向いて何かしていた。荷物の整理をしていたのかも知れないけれど、なんとも言えない雰囲気だった。寂しかったよぉ。

出陣の時は、母のヤスが家族の枕を解いて中の小豆を出し、一人でお赤飯を炊いて全部の艇隊の搭乗員に配った。全艇隊だったので、軍隊が配ったのだと思っていたとびっくりして、去年、赤飯の御礼だと言って、米十キロを送って来た人がいた。

村人も一キロも離れると交流がなかったし、みんな黙って兵隊さんのことを言わなかったから、海岸のほとんどの民家に海軍の兵隊さんたちがいたことを知ったのは、戦争が終わった後だった。

震洋隊の人たちが来るずっと前二、三月頃からか、海岸ぞいに防空壕のような大きい奥深い穴が掘られた。それが震洋艇やいろいろの倉庫だったのだ。

こうした作業をしていた基地隊の人々や搭乗員以外の人たちの食事は酷かった。薩摩芋を植えるために芽を出しているのを、そっと齧っていたりした。母は裏でそっと世話をしていた。「所帯持ちの年のいった兵隊が腹を空かせて、若い者は贅沢なんて」と言いながら。戦後、その人たちが土産を持って訪ねて来てくれた。

搭乗員の人たちが毎年訪ねて来てくれるが、里に帰ったようだと懐かしがり、楽しんで過ごしてくれる。そのうちに第二艇隊の人たちだけではなく、他の隊の人たちも一緒に来て楽しんでくれるようになった。

父の市松は昭和五十二年に七十八歳で逝去。母ヤスは昭和五十六年に八十一歳で逝去したが、母は遺言に、「これからも兵隊さんが訪ねて来たときはお世話をするように」と言い残して逝った。

＊お忙しい中をご夫婦には快くお話し頂き、若主人はそのためにアルバム整理、若奥様はその頃の道具を出して見せていただくなど感謝致します。

（平成十五年五月訪問）

進藤兼次

## ＊第三艇隊宿舎

第三艇隊宿舎をしていた時の私の家は大家族でした。大祖母のナッ、祖父の七蔵、祖母のカル、父の新蔵、母のタカに子供は八人。男の子は今主人の兼次が長男で弟三人、女の子は姉が一人で妹が三人の計十三人家族。父の代までは農業をしていましたが、私は会社員です。

大祖母のナッと祖父七蔵、祖母カルは、三人とも昭和二十六年に逝去。父の新蔵は平成八年に八十九歳で、母タカは平成十五年に八十八歳で逝去。現在、家族は兼次（現在の主人）と妻サチ子に男の子一人、もう一人の男の子は所帯をもって外にいます。

宿舎をしていた時はまだ小学校の三年生でしたから、ほとんど覚えていません。隊員は庭を見る表の二部屋を使い、家族は裏の二部屋を使いました。家族たち十三人に二部屋はちょっと窮屈でしたから、よく隊員の人たちの部屋で一緒に寝たりしたことを覚えています。また、点呼の時の人数合わせで布団の中に潜っていたこともあります。夜だけでしたが、一緒に将棋をしてやり方を教わったり、遊んでもらうこともありました。

父新蔵は、隊員の人たちに会える松輪の会を楽しみにしていました。震洋隊の厚い本の中で、薄井さんが「第三艇隊宿舎の進藤新蔵氏は、現在でも壮健な往時を知る貴重な老人で、毎年松輪の会懇親会へ招待出席されている」と書いてくださっているとか。

毎年家へ訪ねてきてくれ、お供え物を持ってきたりして、お線香をあげて仏壇にお参りしてくださいます。有り難いことです。今でも何人もの方たちから年賀状をいただきます。

会えば小さかった時に見た面影があり、分かります。

＊分からないのだがと戸惑いながら、ぽつり、ぽつりと語ってくださる中に、新蔵さんやご家族を懐かしがる隊員の様子が窺(うかが)われ、その頃のご家族の隊員たちへの暖かさが伝わってきました。分からないとおっしゃるのに、無理にお願いしました。有り難うございました。

（平成十六年一月訪問）

## ＊第四艇隊宿舎

高梨　功

第四艇隊宿舎だった時は、祖母の千代、父の千代松に母イツ、子供は長男の功（現在の主人、当時小学五年生）と姉と妹の三人だった。その時も今も農業を営んでいる。祖母は八十二歳で逝去。

父母は早く逝去したので、終戦後二十年ほどして特攻隊の人が訪ねて来た時は、もう二人ともいなかった。姉や妹は外にいて、現在この家には自分と妻のハツエと成人した男の子一人の三人家族だ。娘は結婚して外にいる。

自分は小さかったからよくは覚えていないが、庭に面した正面二部屋は隊員たちの部屋で、家族は奥の二部屋を使っていた。

特攻隊の人たちは若かったから、元気が良くて勇気があった。夜もよく外へ二、三人ぐらいで遊びに行ったりしていたが、九時頃就寝消灯、上官の人数点呼があると、子供たちは呼ばれて空いている布団の中に潜るんだ。

「布団の中に入って、頭のところを膨（ふく）らませて、足を高くしていろ」

——どう高くすればいいか、それぐらいは子供でも分かるから、片方の膝を立てて、その上に足をのせてじっとしていた。いつも就寝五分前に、懐中電灯を照らしながら見回りにくるんだ。

食べ物がなかったから、親たちはよくじゃが芋や薩摩芋をふかして食べさせていた。一週間に一回ぐらいは宴会をしていた。

隊員が取ってきた伊勢海老や蛸（たこ）などを料理して御馳走した。家族は食べない。いつ死ぬかわからないんだからと、家族のようにしていた。ことに祖母の千代は、一番面倒見が良かったと思う。

庭に大きな夏みかんの樹木があり、みなその下で涼んだり、蜜柑をもいだりしていた。側に深さ六尋（ひろ）もある井戸がある。井戸水を浴びたり、体を拭いたりしていた。

毎年、隊員の人たちが訪ねてくれる。いつか忘れたが、庭の夏みかんを「思い出の夏みかんがある」と言って懐かしそうに、一つもいでいる人がいた。この前は葦名さんが家の写真を撮（と）っていった。

お寺は特攻隊の人たちが来る前から、海岸の方の壕を掘る兵隊さんたちの本部になっていたのではないかな。

＊農業のお仕事が忙しくて、なかなか連絡がつきませんでした。新年になってやっとお会いできましたが、お仕事の間のお昼時に、慌ただしくいろいろとお話をお聞きできました。終わるとすぐお仕事にお出かけになるご様子。お忙しいところをありがとうございました。

（平成十六年一月訪問）

# 第五十六震洋隊基地・江奈湾と周辺及び特攻艇の壕

〔編成資料　震洋会会長・上田恵之助氏作製から〕

壕↓ 1番壕↓ ↓↓2,3番壕、その上 岩堂山(
江奈湾
小形壕 巾250

第五十六震洋隊基地・江奈湾と周辺及び特攻艇の壕

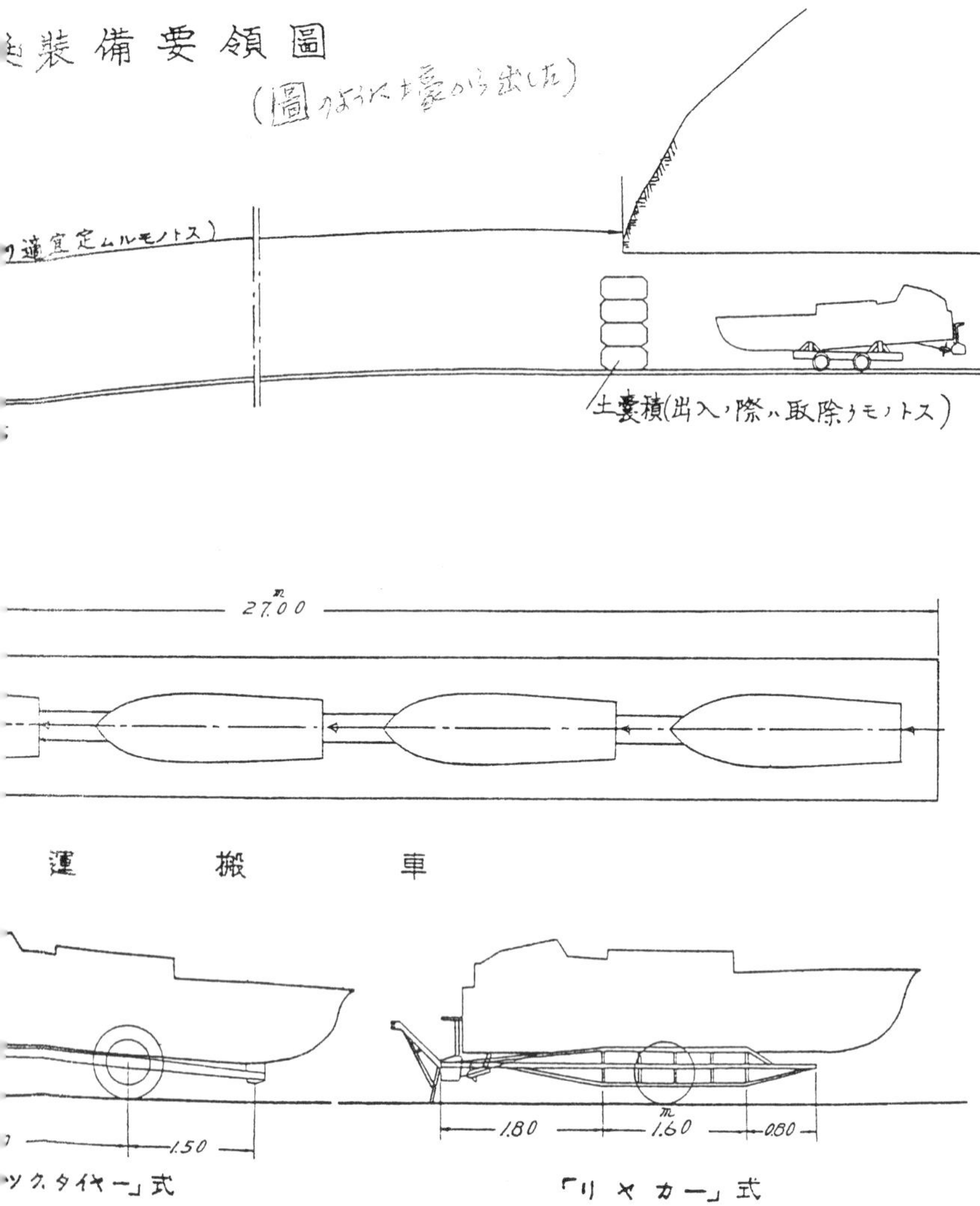
装備要領圖
(圖のように壕から出した)
リ適宜定ムルモノトス)
土嚢積(出入ノ際ハ取除クモノトス)
27.00
運搬車
1.50
ツク.タイヤー」式
1.80
1.60
0.80
「リヤカー」式

附圖第五　震

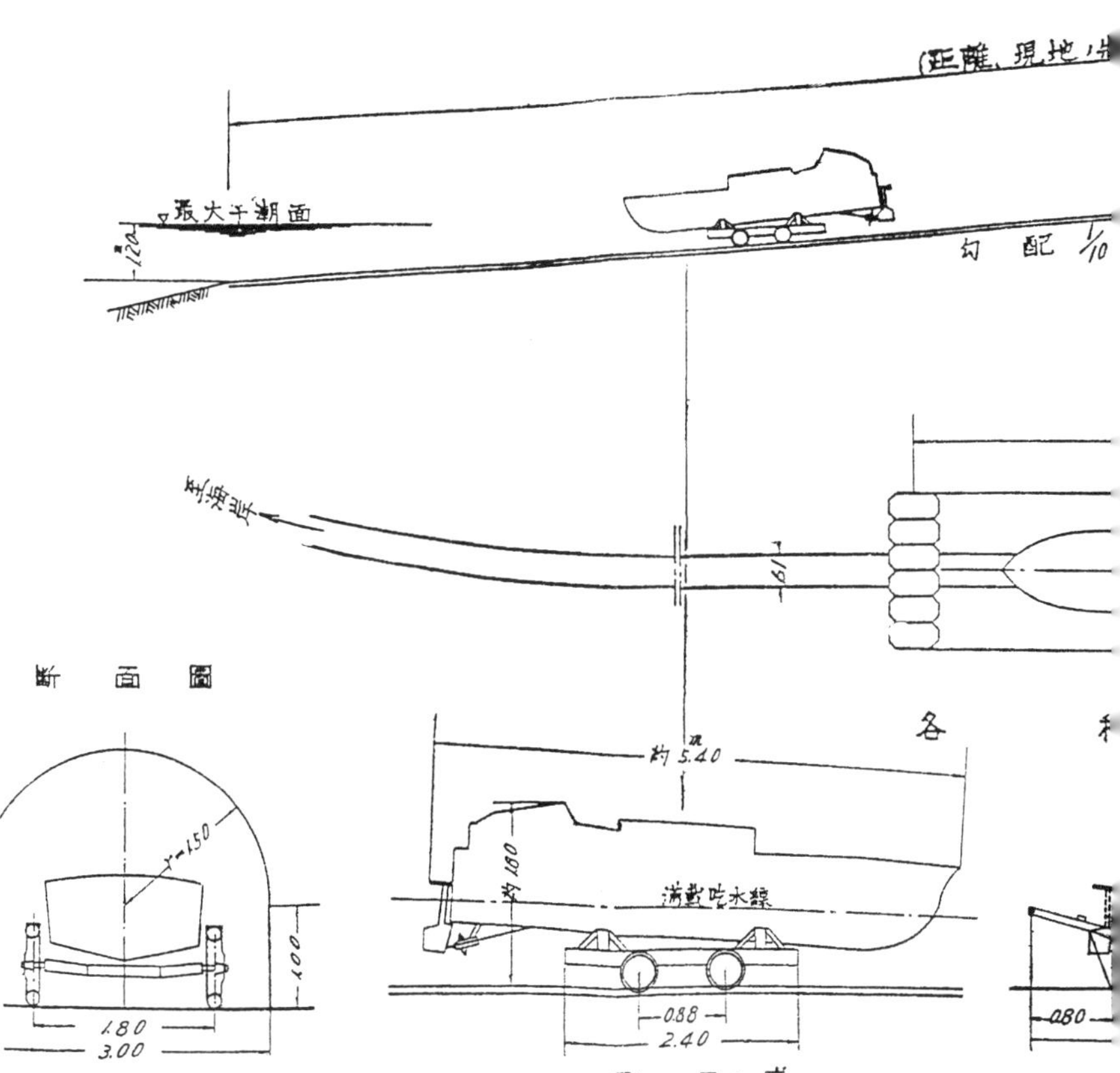

(距離、現地ニ
張大干潮面
120
勾配 1/10
至海岸
19
断面圖
r=150
100
1.80
3.00
各
約5.40
約180
満載吃水線
0.88
2.40
「トロ」式
080

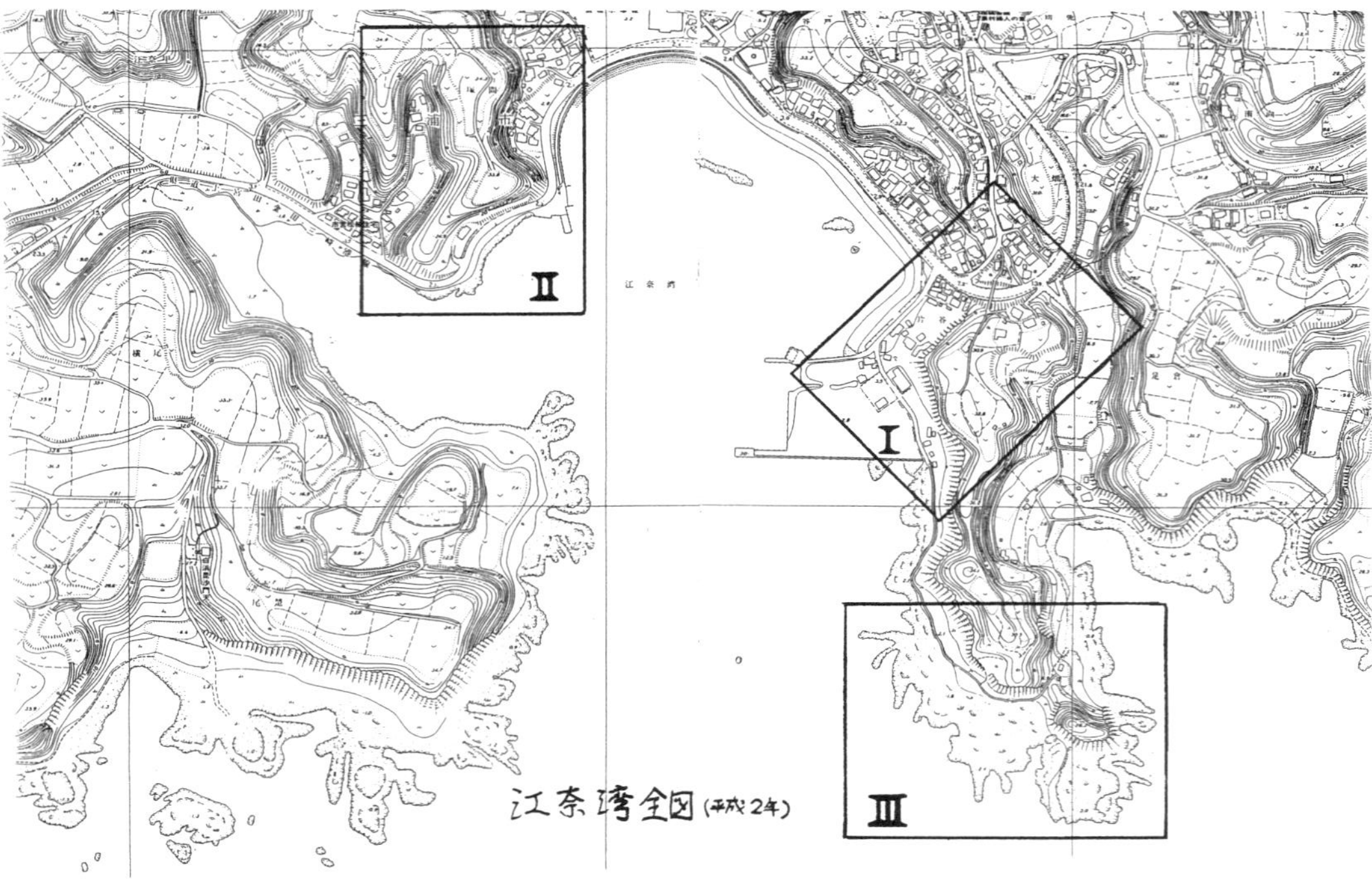
江奈湾全図（平成2年）
I
II
III

第五十六震洋隊基地・江奈湾と周辺及び特攻艇の壕

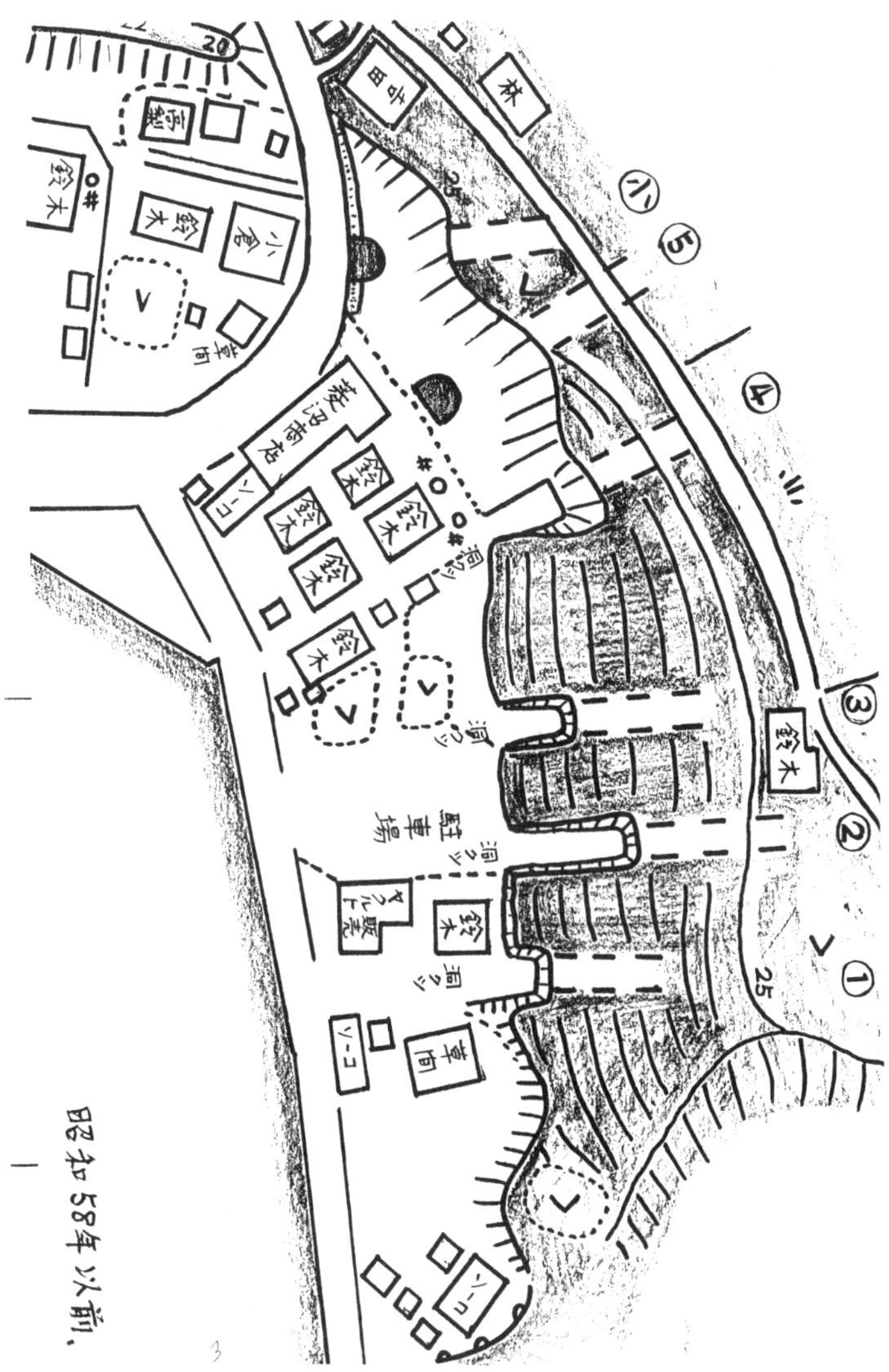

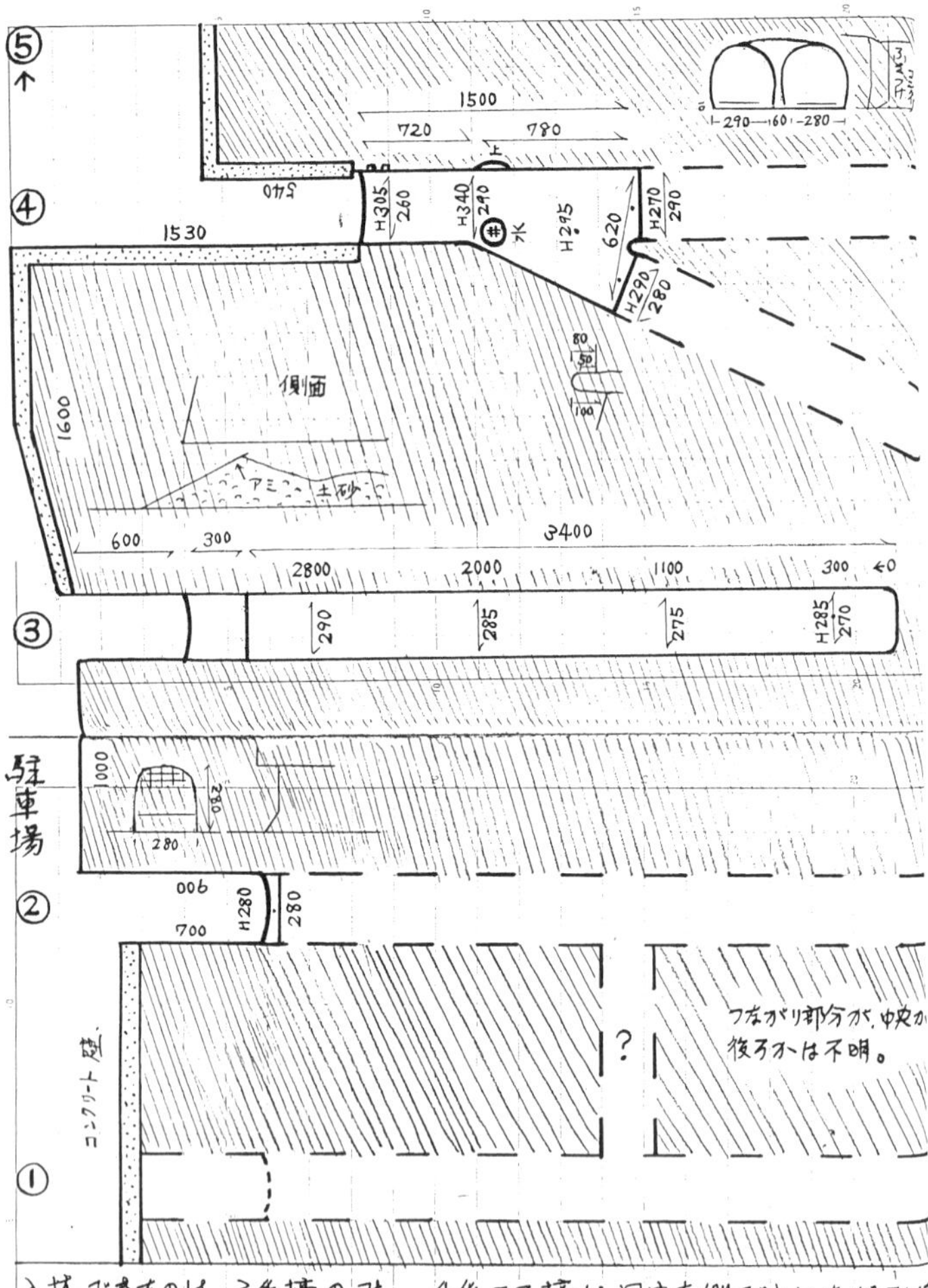


入坑できたのは、3番壕のみ。4番二又壕は図中右側が上にあがってい
・1,2,3番壕と平行で高い。
真西を向いている。1番壕はコンクリート擁壁の内であるが、地元の人達の話し(2
ではつながっているそうだ。5番壕は新道（県道）掘削の為消滅。

江奈湾東岸震洋格納壕　平成7年4月23日(日)強風雨の日調査

江奈湾東岸震洋特攻舟艇格納壕

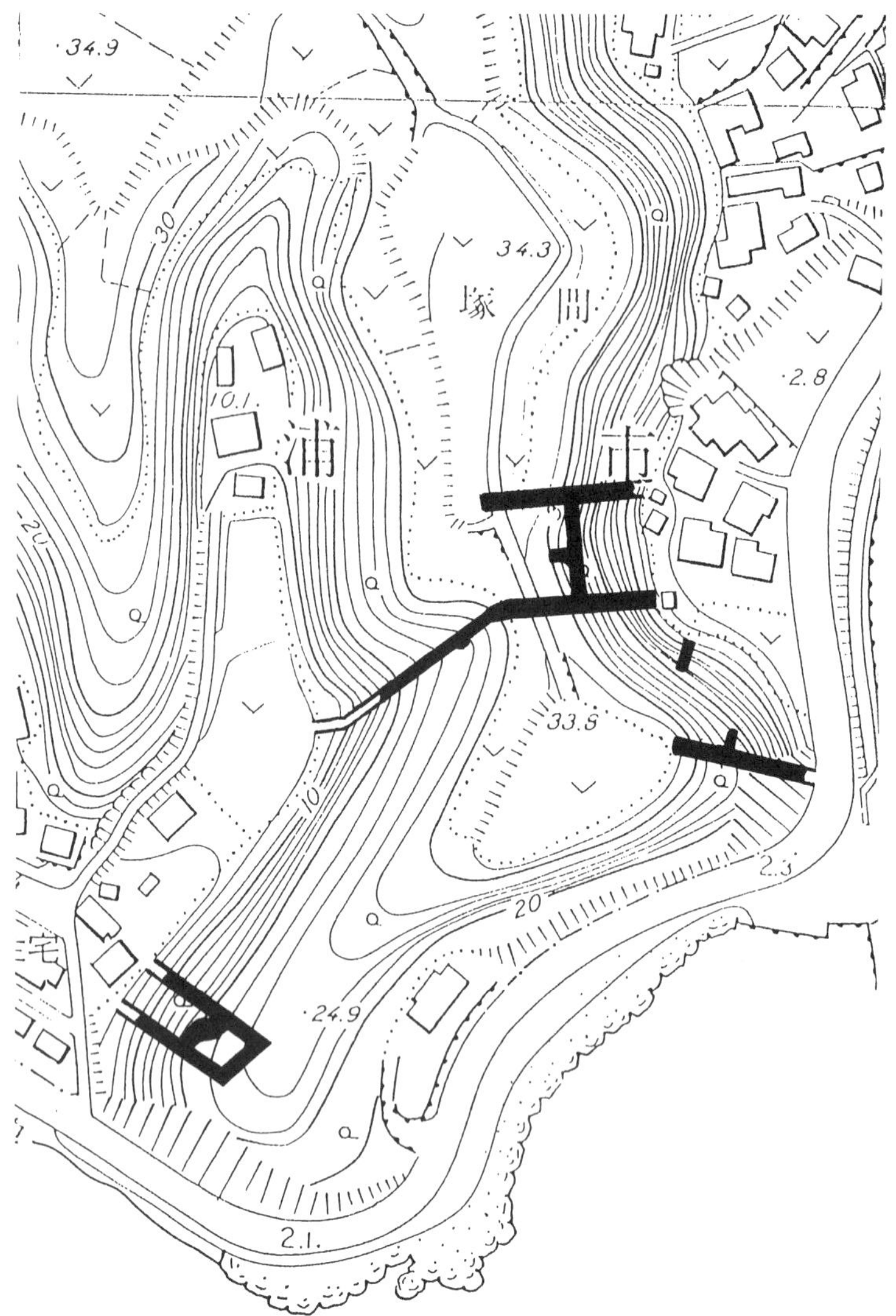

·34.9
34.3
30
塚
間
·2.8
10.1
浦
市
20
33.8
10
2.3
20
宅
24.9
2.1

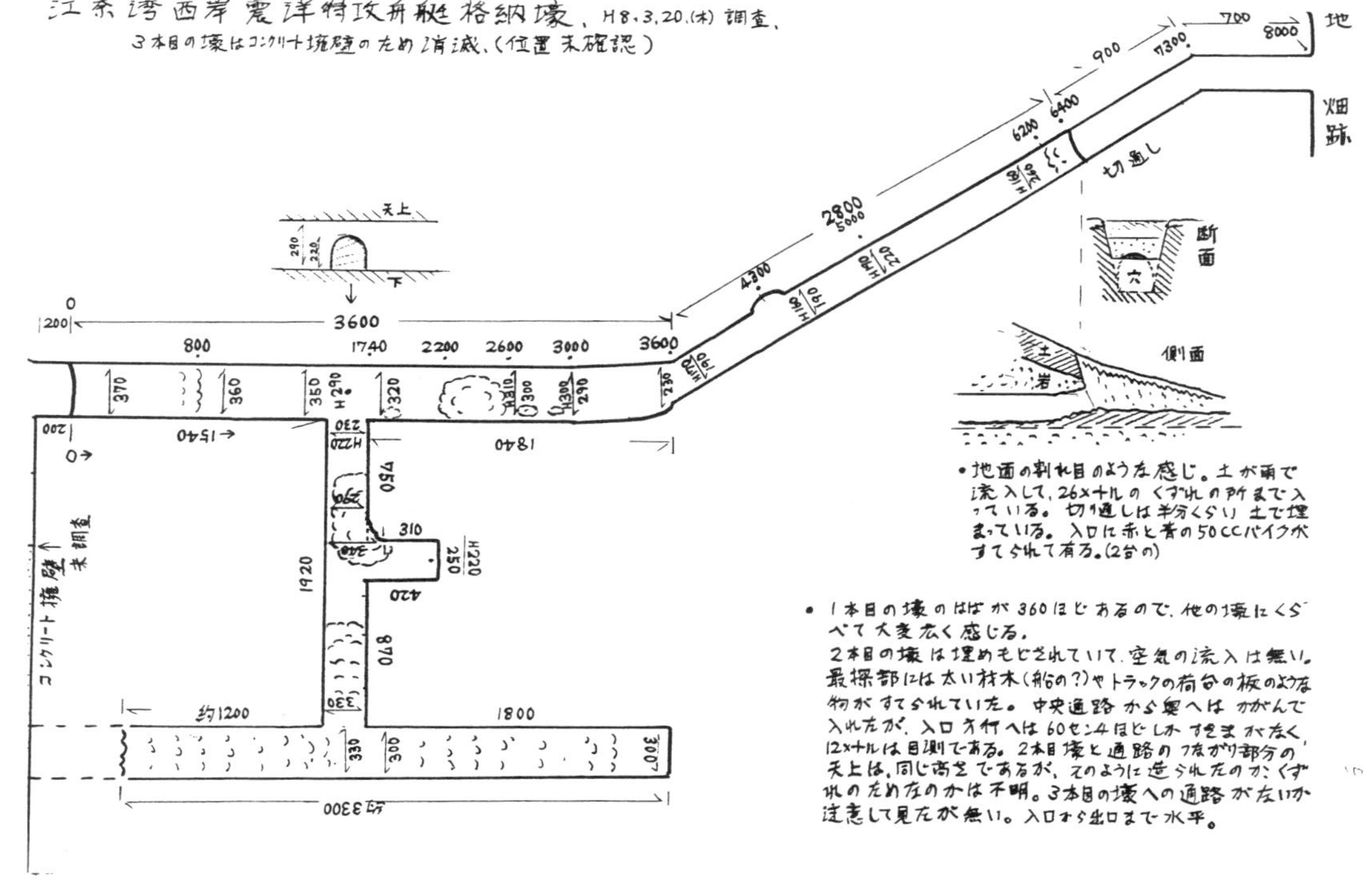
江奈湾西岸震洋特攻舟艇格納壕、H8.3.20.(木)調査、
3本目の壕はコンクリート擁壁のため消滅、(位置未確認)
コンクリート擁壁
未調査
天上
下
断面
側面
土
岩
切通し
地
畑跡
•地面の割れ目のような感じ。土が雨で流入して、26メートルのくずれの所まで入っている。切通しは半分くらい土で埋まっている。入口に赤と青の50CCバイクがすてられて有る。(2台の)
•1本目の壕のはばが360ほどあるので、他の壕にくらべて大変広く感じる。
2本目の壕は埋めもどされていて、空気の流入は無い。最探部には太い材木(船の?)やトラックの荷台の板のような物がすてられていた。中央通路から奥へはかがんで入れたが、入口方行へは60センチほどしかすきまがなく、12メートルは目測である。2本目壕と通路のつながり部分の天上は、同じ高さであるが、そのように造られたのか、くずれのためなのかは不明。3本目の壕への通路がないか注意して見たが無い。入口から出口まで水平。

# 海軍水上特別攻撃隊震洋主要年表及び編成表と配備図

〔震洋会会長・上田恵之助氏作製〕

# 主要年表

震洋会　上田恵之助

| | | 一般戦局 | | 震洋関係 |
|---|---|---|---|---|
| 昭和一八年（一九四三） | 五月二九日 | アッツ島守備隊玉砕 | 六月一一日 | 軍令部第二部長黒島亀人少将が第九回戦備考査部会議で「必死・必殺」戦備の必要を強調。 |
| | 九月三〇日 | 御前会議において絶対国防圏への戦線縮小決定。 | | |
| 昭和一九年（一九四四） | 二月　六日 | マーシャル群島失陥 | | |
| | 二月一七日 | トラック島が米空軍部隊に襲われ大損害を蒙る。 | | |
| | 三月三一日 | 古賀峯一聯合艦隊司令長官戦死。 | 三月　末日 | 軍令部総長より海軍大臣に、軍機の商議二件が提出された。一つは九項目の特攻兵器の製造要請で、もう一方のは二六・七項目からなる兵器の製造要請であった。 |
| | 三月二二日 | 沖縄に第三二軍創設。 | | |
| | 四月　六日 | 日本軍コヒマ占領。 | 四月　一日 | 海軍水雷学校臨時魚雷艇訓練所開設。 |
| | 四月二二日 | 米軍ホーランジア上陸 | 四月　初旬 | ㊀金物から㊈金物の九項目中、すでに試作決定の㊅金物の外㊃金物と㊈金物が採用となり試作が決定した。㊃金物（のち震洋）。 |
| | | | 四月　中旬 | 艦政本部第四部主務となり㊃金物の設計試作に着手。 |
| | 五月　三日 | 「あ」号作戦発令さる | 五月二七日 | ㊃試作艇完成試運転終える。 |
| | 六月　六日 | 連合軍ノルマンジー上陸。 | 六月二五日 | 軍令部総長嶋田繁太郎大将特殊兵器緊急戦備促進係の設置を命じた。 |
| | 六月一五日 | 米軍サイパン島上陸。 | | |
| | 六月一九日 | マリアナ沖海戦。 | 六月三〇日 | 緊急戦備促進部規程が定められた。 |
| | 六月二〇日 | | 六月　末日 | ㊃金物量産に入る。 |
| | 七月　四日 | インパール作戦中止。 | 七月　一日 | 海軍水雷学校長大森仙太郎中将を主班とする特殊兵力整備促進班設置。 |
| | 七月　七日 | サイパン島失陥。 | | |
| | 七月二一日 | 捷号作戦計画指示さる。 | 七月　五日 | 内令員第一六二四号（軍極秘）により第一次㊃艇要員（五〇隻分）臨時増置される。 |
| | 七月二一日 | 米軍グアム島上陸。 | | |
| | 七月二三日 | 米軍テニヤン島上陸。 | 七月一〇日 | 海軍省軍務局第一課「特殊兵器緊急整備計画」提案。 |
| | | | 七月一五日 | 第一次㊃艇要員講習開始。 |
| | 八月　三日 | テニヤン失陥。 | 八月　八日 | 大本営陸、海軍部、陸軍の㋹艇と海軍㊃艇を共同作戦に使用する中央協定を結ぶ。秘匿名を㋩と略称し、㋩による兵力、戦法を「震天」と呼称した。 |
| | 八月一〇日 | グアム島失陥。 | | |
| | | | 八月一五日 | 第一次㊃艇要員講習終了。 |
| | | | 八月二八日 | 仮称㊃兵器昭和十九年内令兵七一により名称を震洋と呼称して正式兵器に採用さる。 |
| | | | 八月三〇日 | 海軍省人事局長、同教育局長連名による横須賀、呉各鎮守府参謀あての「特殊兵器要員に充当すべき、海軍予備学生の選抜並に教育等に関する件申進」発布。 |

| | | | | |
|---|---|---|---|---|
| 昭和一九年（一九四四） | 九月一二日 | 米軍フィリピン大空襲。 | 九月　一日 | 第一震洋隊編成を終え父島方面特別根拠地隊に配属。 |
| | 九月一五日 | 米軍ペリリュー島上陸。 | 九月　二日 | 第二次㊃艇要員講習終了。編成を終え配属決定。 |
| | 九月二九日 | 聯合艦隊司令部、慶応大学予科（日吉台）に移る。 | 九月　九日 | 第一震洋隊先発基地隊乗船常盤山丸北緯二八度五八分東経一三七度四五分の位置に於いて米潜の雷撃をうけ沈没。 |
| | 一〇月一〇日 | 米機動部隊、沖縄方面大空襲。 | 九月一三日 | 第一震洋隊本隊第二震洋隊先発隊乗船の生田川丸父島到着。基地に進出。 |
| | 一〇月一二日 | 米機動部隊、台湾方面に来襲、台湾沖航空戦 | 九月一三日 | 海軍省の中に大森仙太郎中将を部長とする海軍特攻部設置さる。 |
| | 一〇月一八日 | 「捷」一号作戦発動。 | 九月一五日 | 川棚第三次震洋講習員講習終了。 |
| | 一〇月二〇日 | 米軍レイテ島上陸。 | 九月二三日 | 第六震洋隊配備地ザンボアンガに向け予定通り佐世保軍港出港。 |
| | 一〇月二三日〜一〇月二六日 | 比島沖海戦。 | 一〇月一二日 | 海軍水雷学校第三次㊃艇要員講習終了 |
| | 一〇月二五日 | 神風特攻隊レイテ沖に出撃。 | 一〇月一四日 | 第六震洋隊ボルネオ・サンダカン到着 |
| | 一一月二四日 | ペリリュー島陥落。 | 一〇月一五日 | 水校第四次震洋講習員講習終了 |
| | 一一月二四日 | 米軍B29約七〇機が東京空襲。 | 一〇月二二日 | 川棚第四次震洋講習員講習終了（一週間延長） |
| | 一一月二八日 | 空母「信濃」東京湾口で米潜水艦の雷撃を受け沈没。 | 一一月　四日 | 第一三震洋隊乗船あとらす丸二日バシー海峡にて米潜水艦の雷撃をうけ大破、四日「イバホス」島北西約一〇〇米の位置に擱坐 |
| | 一二月一五日 | 米軍ミンドロ島上陸。 | 一一月　六日 | 比島方面に於て震洋隊使用許可さる。 |
| | 一二月一九日 | 大本営レイテ戦打切りを決定。 | 一一月一四日 | 第一四・第一五震洋隊乗船玉洋丸東京支那海北緯三一度一三分東経一二三度五五分の位置に於て米潜水艦（スペードフィッシュ）の雷撃を受け沈没。 |
| | 一二月二五日 | マッカーサー元帥、レイテ、サマール島の戦闘終了を声明。 | 一一月一五日 | 南方諸島に於て震洋隊の使用許可さる。 |
| | | | 一一月一七日 | 官人機密第一九四一号により、特攻術修得の取扱いに関する件規程が定められた。 |
| | | | 一二月　一日 | 第八震洋隊レガスピー進出第三五警備隊指揮下に入る。 |
| | | | 一二月　七日 | 官人機密第二〇〇六号により、特攻兵器搭乗員講習者の任用進級に関する件規程定められる。 |
| | | | 一二月一六日 | 第四震洋隊後発隊、第一六震洋隊先発基地隊乗船のい号高山丸が北緯二七度二七分東経一四一度三十八分の位置において敵潜水艦の雷撃により沈没。 |
| | | | 一二月二五日 | 第五次震洋講習員講習終了。 |
| 昭和二〇年（一九四五） | 一月　九日 | 米軍ルソン島リンガエンに上陸。 | 一月二五日 | 第六次震洋講習員講習終了 |
| | 一月一八日 | 大本営、本土決戦に関する作戦大綱決定。 | 一月二三日 | 第四三震洋隊、第一〇一震洋隊乗船の讃岐丸が北緯三三度五五分東経一二二度五五分の位置において敵潜水艦（スペードフィッシュ）の雷撃をうけ沈没。 |
| | 一月二〇日 | 本土決戦に関する作戦大綱上奏裁可。 | | |
| | 一月二九日 | 米軍スビック湾に上陸。 | | |
| | 一月三一日 | 米軍ナスグブに上陸。 | | |

| | 一般戦局 | | 震洋関係 | |
|---|---|---|---|---|
| 昭和二〇年（一九四五） | 二月　一日 | 米軍タガイタイに降下。 | 二月一五日 | 第一二震洋隊にマリベレス攻撃の出撃命令下る。 |
| | 二月　三日 | 米軍マニラ市内進入。 | 二月一六日 | 第一二震洋隊マリベレスに突入、戦果巡洋艦一隻駆逐艦一隻輸送船二隻撃沈破。 |
| | 二月　四日 | ヤルタ会談開く。 | 二月二四日 | 第七次震洋講習員第一一四、第一一五震洋隊練上講習終了。 |
| | 二月一五日 | 米軍マリベレス上陸。 | 二月二五日 | 第七次震洋講習員講習終了。 |
| | 二月一六日 | 米軍コレヒドール島に降下。 | 二月二七日 | コレヒドール島、准士官以上全員自決し戦闘終了。 |
| | 二月一六日 | 米軍コレヒドール島南桟橋に上陸。 | | |
| | 二月一九日 | 米軍硫黄島上陸。 | | |
| | 三月　三日 | 米軍マニラ占領。 | 三月　一日 | 第三特攻戦隊旧川棚警備隊内に設置事務開始。 |
| | 三月一〇日 | B29東京大空襲。 | 三月　一日 | 川棚突撃隊開隊。 |
| | 三月一七日 | 硫黄島守備隊玉砕 | 三月　一日 | 内令第四一二号により特設特攻戦隊司令部定員表、特設突撃隊定員表内報あり。 |
| | 三月二六日 | 米軍慶良間列島に上陸。 | 三月　一日 | 第四一震洋隊乗船の豊坂丸は宮古島港入港、揚陸中〇七〇〇敵機の空襲で沈没。 |
| | 三月二六日 | 米軍セブ島上陸。 | 三月　一日 | 第三十八震洋隊後発隊久米島より機帆船三隻に分乗、石垣島に向かう途中、敵機の空襲により三隻とも沈没戦死者多数。 |
| | 三月二九日 | 米軍ネグロス島上陸。 | 三月　九日 | 第四二震洋隊後発隊慶山丸に乗船沖縄に向かう途中〇七一五北緯二九度二三分東経一二八度一三分の位置にて敵潜の雷撃を受け沈没。 |
| | | | 三月一七日 | 第一〇九震洋隊賢洋丸に乗船、鹿児島湾桜島桟橋錨地船団待機中、敵艦上機の空襲をうけ沈没。 |
| | | | 三月二二日 | 第三九震洋隊道了丸に乗船、石垣島に向かう途中一七一三北緯二九度二四分東経一二七度三一分敵潜（スペードフイッシュ）の雷撃をうけ沈没。 |
| | | | 三月二五日 | 第八次震洋講習員講習終了。 |
| | | | 三月二七日 | 沖縄方面根拠地隊司令部は、第二二、第四二震洋隊に各隊六隻の出撃命令下令。 |
| | | | 三月二九日 | 第四二震洋隊に二回目の出撃命令。 |
| | 四月　一日 | 米軍沖縄上陸。 | 四月　一日 | 震洋隊本土配備開始。 |
| | 四月　一日 | 米軍レガスピー上陸。 | 四月　三日 | 第二二震洋隊に出撃命令。 |
| | 四月　五日 | 小磯内閣総辞職、ソ連、日ソ不可侵条約の不延長を通告。 | 四月　四日 | 市川正吉二等飛行兵曹、鈴木音松二等飛行兵曹体当たり成功、駆逐艦（米軍発表歩兵揚陸艇第82号）一隻撃沈。 |
| | 四月　七日 | 鈴木貫太郎内閣成立。「天一号作戦」で大和以下の第二艦隊沖縄特攻として出撃、「大和」徳之島沖で撃沈さる。 | | 第二二震洋隊陸上戦闘に移行。 |
| | 四月一六日 | 米軍伊江島上陸。 | 四月一五日 | 海軍特攻部が廃止となり海軍特兵部が新設される。山崎重暉中将任命。 |
| | | | 四月二五日 | 第九次震洋講習員講習終了。 |
| | 五月　三日 | 英軍ラングーン入城。 | 五月一三日 | 第一一〇震洋隊九州南方海面に出現せる敵機動部隊のF6F型艦上機一六機と楠瀬沖に於て遭遇交戦。 |
| | 五月　八日 | ドイツ降伏。 | 五月一五日 | 第一〇次震洋講習員講習終了（海兵七四期）。 |
| | 五月二九日 | 米軍首里占領。 | 五月二一日 | 特攻兵器要員の講習規定定められる。 |
| | 五月二九日 | B29東京大空襲。 | 五月二五日 | 第一一次震洋講習員講習終了。 |
| | | | 五月二九日 | 飛行科予備学生、生徒、飛行予科練習生、特攻要員教育を除き、六月一日より教育中止となる。 |

昭和二〇年（一九四五）

| | |
|---|---|
| 六月二〇日 | 米軍中国の温州を占領 |
| 六月二三日 | 沖縄守備隊玉砕。 |
| 六月二四日 | 米軍久米島上陸。 |
| 七月一七日 | ポツダム会談始まる。 |
| 七月二六日 | 対日ポツダム宣言発表。 |
| 八月 六日 | 広島に原子爆弾投下。 |
| 八月 八日 | ソ連日本に宣戦布告。 |
| 八月 九日 | 長崎に原爆投下。 |
| 八月一〇日 | ポツダム宣言受諾。 |
| 八月一四日 | 最後の御前会議で終戦の詔勅発布。 |
| 八月一五日 | 終戦宣言。 |
| 八月一九日 | 陸海軍全部隊に停戦を示達。 |
| 八月二二日 | 〇〇〇〇一切の戦闘行為を停止。 |

| | |
|---|---|
| 六月 一日 | 震洋隊一型隊編成変更、一型四四隻五型四隻予備艇一型四隻計五二隻となる。 |
| 六月 七日 | 第四四震洋隊大島海峡西口方面哨戒中、久慈湾口に於て一隻爆発一〇隻誘爆類焼す 戦死者三木部隊長外一二名 |
| 六月二五日 | 第一三次震洋講習員講習終了 |
| 七月二五日 | 第一五次震洋講習員講習終了 |
| 七月三〇日 | 第二七震洋隊、石井部隊長外五名震洋艇三隻にて相模湾航行中敵P51と遭遇、対空戦闘の後全員戦死。 |
| 八月 一日 | 「敵の輸送船北相模湾に向けて北上中」第一特攻戦隊出撃命令（誤報出撃解除）。 |
| 八月一一日 | 「ソ」聯の参戦に策応する敵の新作戦に対し、邀撃準備とし、第一三三、第六一、第六三、第六四震洋隊を第一特攻部隊に編入す。第一特攻部隊指揮官（第三特攻戦隊）は各隊を掌握、作戦に備えると共に、戦況に応じて各隊を逐次固有配備基地に転出させる。 |
| 八月一六日 | 第一二八震洋隊出撃準備中爆発事故発生。二二隻の艇と一一一名の戦死者を出す大惨事となる。 |

# 震洋隊編成表

震洋会　上田恵之助作成

| 部隊番号 | 次 | 部隊長兼1艇隊長 | 搭乗員 | 編成及期日 | | | | 配属 | 配備地 | 進出期日 | | | 記事 |
|---|---|---|---|---|---|---|---|---|---|---|---|---|---|
| 1 | 1次 | 大蝶浩志 | 一般兵科 | 水校1次 | 19 | 9 | 1 | 父島特根 | 父島 釣ヶ浜 | 19 | 9 | 13 | 東京都小笠原村父島<br>19・9・9　基地隊常盤山丸で父島沖にて海没<br>20・3・　高田文司先任艇隊長退隊 |
| | 2次 | | | | | | | | | | | | |
| 2 | 1次 | 松枝茂純 | 一般兵科 | 水校2次 | 19 | 9 | 2 | 父島特根 | 父島 宮ノ浜 | 19 | 9 | 23 | 東京都小笠原村父島<br>19・9・13　佐藤艇隊長先発隊として第一震洋隊と同行父島着<br>19・12・5　久藤祐平ほか3名兄島西海面にて戦死<br>20・5・15　空襲により火薬庫爆発、戦死6名 |
| | 2次 | | | | | | | | | | | | |
| 3 | 1次 | 浜本峻 | 一般兵科 | 水校2次 | 19 | 9 | 2 | 母島警 | 母島 西浦 | 19 | 10 | 23 | 東京都小笠原村母島<br>20・8・16　爆発事故にて戦死あり |
| | 2次 | 文澤義永 | | | | | | | | | | | |
| 4 | | 香西宜良 | 乙19 三重<br>乙20（土浦） | 水校3次 | 19 | 10 | 12 | 母島警 | 母島 東港 | 19 | 12 | 4 | 東京都小笠原村母島<br>19・12・16　後発隊い号寿山丸で海没艇25隻海没、戦死者あり |
| 5 | | 白川潔 | 乙19 三重<br>乙20（土浦） | 水校3次 | 19 | 10 | 12 | 父島特根 | 父島 巽湾 | 19 | 11 | 14 | 東京都小笠原村父島<br>佐々木艇隊は二見湾野羊山の麓に進出 |
| 6 | | 相田英雄 | 一般兵科 | 水校2次 | 19 | 9 | 2 | 10HF | ボルネオ サンダカン | 19 | 10 | 14 | マレーシア<br>19・10・23　現地配属 |
| 7 | | 山崎健太郎 | 一般兵科 | 水校2次 | 19 | 9 | 2 | 三南遣司 | 比島 コレヒドール | 19 | 11 | 23 | フィリピン（コレヒドール）<br>19・12・23　爆発事故にて戦死者多数戦死判定　20・2・25　生存者2名 |
| 8 | | 石井澄男 | 一般兵科 | 水校2次 | 19 | 9 | 2 | 三南遣司 | 比島 レガスピー | 19 | 12 | 1 | フィリピン（レガスピー）<br>19・11・1　コレヒドール進出<br>19・12・1　第35警備隊編入　生存者6名 |

| 19 | 18 | 17 | 16 | 15 | 14 | 13 | 12 | 11 | 10 | 9 |
|---|---|---|---|---|---|---|---|---|---|---|
| | 2次 1次 | 2次 1次 | 2次 1次 | | | | | | | |
| 大河原茂美 | 島尾敏雄 | 林幹人 | 吉田義彦 | 大串卓三 | 池田博 | 安藤未喜 | 松枝義久 | 中島良次郎 | 石川誠三 | 中島健児 |
| 一般兵科 | 一般兵科 | 一般兵科 | 乙19（三重）乙20（土浦） | 一般兵科 | 一般兵科 | 一般兵科 | 乙19（三重）乙20（土浦） | 一般兵科 | 一般兵科 | 一般兵科 |
| 3次 川棚 | 3次 川棚 | 3次 川棚 | 3次 水校 | 3次 川棚 | 3次 川棚 | 3次 川棚 | 3次 水校 | 3次 川棚 | 3次 川棚 | 2次 水校 |
| 19 | 19 | 19 | 19 | 19 | 19 | 19 | 19 | 19 | 19 | 19 |
| 10 | 10 | 10 | 10 | 10 | 10 | 10 | 10 | 9 | 9 | 9 |
| 15 | 15 | 15 | 12 | 5 | 5 | 5 | 12 | 25 | 25 | 2 |
| 石垣島警 | 大島防 | 大島防 | 八丈警 | 三南遣司 | 三南遣司 | 三南遣司 | 三南遣司 | 三南遣司 | 三南遣司 | 三南遣司 |
| 石垣島 川平湾 | 加計呂麻島 呑之浦 | 加計呂麻島 三浦 | 八丈島 洞輪沢 | 比島 | 比島 | 比島 コレヒドール | 比島 コレヒドール | 比島 コレヒドール | 比島 コレヒドール | 比島 コレヒドール |
| 19 | 19 | 19 | 20 | 海没 | | 19 | 19 | 19 | 19 | 19 |
| 11 | 11 | 11 | 3 | | | 11 | 11 | 11 | 11 | 10 |
| 29 | 20 | 20 | 20 | | | 14 | 16 | 1 | 1 | 22 |
| 沖縄県石垣市川平 | 鹿児島県瀬戸内町呑之浦 藤井茂（予生一）20・3 着任 | 鹿児島県瀬戸内町三浦 渡辺誠退隊第44震へ転任 田中潔第44震より着任 | 東京都八丈町洞輪沢 19・12・16 い号寿山丸にて基地隊海没 戦死者多数 | 19・12・20 両隊解隊 20・1・25 第39震編成 | 19・11・14 玉洋丸にて北緯31度30分東経125度57分敵潜の雷撃を受け沈没（東支那海） | フィリピン（コレヒドール） 19・11・3 あとらす丸海没、生存者現地着 20・1・25 解隊（内令員第二八〇号） | フィリピン（コレヒドール） 20・2・16 マリベレスに出撃し、戦果あり 生存者6名 負傷送還3名 | フィリピン（コレヒドール） 第七震と合併 生存者4名 | フィリピン（コレヒドール） 戦死判定 搭乗員 20・2・25 基地員 20・1・17 生存者2名 | フィリピン（コレヒドール） 戦死判定 搭乗員 20・2・25 基地員 20・1・17 生存者1名 |

| 30 | 29 | 28 | 27 | | | 26 | | 25 | 24 | 23 | 22 | 21 | 20 |
|---|---|---|---|---|---|---|---|---|---|---|---|---|---|
| | | | 3次 | 2次 | 1次 | 2次 | 1次 | | | | | | |
| 山本正元 | 永井博 | 浦本生 | 部隊長代理 上田恵之助 | 石井四郎 | | 引野祐二 | 毛利寛太 | 和田恭三 | 若松祿郎 | 幕田稔 | 豊廣稔 | 竹内泉 | 薄繁藏 |
| 甲13土浦 甲16高雄 | 甲13土浦 甲16高雄 | 甲13土浦 甲16高雄 | 甲13奈良 | | | 甲13奈良 | | 甲13奈良 甲16高雄 | 甲13奈良 甲16高雄 | 甲13奈良 | 甲13奈良 | 甲13奈良 甲16高雄 | 甲13奈良 甲16高雄 |
| 水校4次 | 水校4次 | 水校4次 | 川棚4次 | | | 川棚4次 | | 川棚4次 | 川棚4次 | 川棚4次 | 川棚4次 | 川棚4次 | 川棚4次 |
| 19 | 19 | 19 | 19 | | | 19 | | 19 | 19 | 19 | 19 | 19 | 19 |
| 11 | 11 | 11 | 11 | | | 11 | | 11 | 11 | 10 | 10 | 10 | 10 |
| 15 | 15 | 15 | 5 | | | 5 | | 5 | 5 | 25 | 25 | 20 | 20 |
| 高警府 | 高警府 | 高警府 | 11突 | | | 石垣島警 | | 馬公根 | 馬公根 | 石垣島警 | 沖縄方根 | 高雄警府 | 高雄警府 |
| 台湾 海口 | 台湾 高雄 | 台湾 海口 | 神奈川 三浦 小網代 | | | 竹富 小浜島 | | 馬公島 基隆 | 馬公島 | 石垣島 宮良 | 沖縄 金武 | 台湾 高雄 | 台湾 高雄 |
| 20 | 20 | 20 | 20 | | | 20 | | 20 | 20 | 19 | 20 | 19 | 19 |
| 1 | 1 | 1 | 4 | | | 2 | | 1 | 1 | 11 | 1 | 11 | 12 |
| 25 | 19 | 25 | 1 | | | 25 | | 25 | 25 | 29 | 5 | 26 | 22 |
| 台湾 20・1・25 基隆着 | 台湾 20・5 通信長増田正着任(予生一) | 台湾 20・1・25 基隆着 | 神奈川県三浦市小網代 20・7・20 市川良雄(整九期)着任 20・7・30 石井部隊長ほか5名相模湾上にて戦死 20・8・4 部隊長代理承命服務第56震より上田恵之助着任 20・8・10 第136震より稲葉茂着任 | | | 沖縄県八重山郡竹富町 | | 台湾 20・1・25 基隆着 20・2・ 馬公島 20・6 基隆 | 台湾 20・1・25 基隆着 20・2・ 馬公島 20・5 移動 | 沖縄県石垣市宮良 幕田部隊長25・4・7巣鴨で刑死 | 沖縄県金武町字金武 20・4・4 出撃 轟沈1 日本記録 駆逐艦1 連合軍 歩兵揚陸艇第82号 | 台湾 | 台湾 |

海軍水上特別攻撃隊震洋主要年表及び編成表と配備図

| 31 | 32 | 33 | 34 | 34 | 35 | 36 | 37 | 38 | 39 | 40 | 41 | 42 | 42 |
|---|---|---|---|---|---|---|---|---|---|---|---|---|---|
| | | | 1次 | 2次 | | | | | | | | 1次 | 2次 |
| 栗原 博 | 辻田悌三郎 | 福田進治 | 伊藤直國 | 恒元和也 | 木下 富 | 渡辺 要 | 織田博文 | 旅井理喜男 | 大串卓三 | 安藤末喜 | 八木正三 | 井本 親 | 高橋英夫 |
| 甲13土浦 甲16高雄 | 甲13奈良 | 甲13奈良 | 甲13奈良 | 特乙五 高野山 | 甲13奈良 | 甲13奈良 | 甲13奈良 | 甲13奈良 | 一般兵科 | 乙20鹿児島 | 乙20鹿児島 | 乙20三重 | 特乙6 高野山 |
| 水校 4次 | 川棚 5次 | 川棚 5次 | 川棚 5次 | 川棚 7次 | 川棚 5次 | 川棚 5次 | 川棚 5次 | 川棚 5次 | 新編 | 川棚 6次 | 川棚 6次 | 川棚 6次 | 川棚 7次 |
| 19 | 20 | 20 | 20 | 20 | 20 | 20 | 20 | 20 | 20 | 20 | 20 | 20 | 20 |
| 11 | 1 | 1 | 1 | 2 | 1 | 1 | 1 | 1 | 1 | 1 | 1 | 1 | 2 |
| 15 | 18 | 18 | 20 | 25 | 20 | 20 | 20 | 15 | 25 | 25 | 25 | 25 | 20 |
| 高警府 | 海南警 | 海南警 | 宮古警 | 32突 | 香港根 | 香港根 | 廈門特根 | 石垣島警 | 石垣島警 | 大島防 | 宮古警 | 沖縄方根 | 川棚突 |
| 台湾 高雄 | 海南島 新村 | 海南島 三亜 | | 上甑島 小島浦 | 香港 南了島 | 香港 南了島 | 廈門 | 石垣島 宮良 | | 喜界島 早町 | 宮古島 平良 | 沖縄本島 屋嘉 | 長崎 牧島 |
| 19 | 20 | 20 | | 20 | 20 | 20 | 20 | 20 | 海没 | 20 | 20 | 20 | 20 |
| 11 | 2 | 2 | | 5 | 2 | 2 | 3 | 1 | | 2 | 2 | 3 | 7 |
| 30 | 25 | 25 | | | 14 | 14 | 9 | 25 | | 12 | 28 | 1 | |
| 台湾 | 中華人民共和国 | 中華人民共和国 | 20・1・20 宮古島警備隊第34震洋隊を廈門方面特別根拠地隊第113震洋隊に改む | 鹿児島県薩摩郡上甑村 20・4・4 鹿児島県片浦基地進出 20・5 甑島に転進 | 香港（英国領） | 香港（英国領） | 中華人民共和国福建省廈門 | 沖縄県石垣市宮良 20・3・1 後発隊宮古沖にて海没 | 20・3・23 道了丸にて北緯29度24分、東経127度31分において敵潜の雷撃を受け海没 | 鹿児島県大島郡喜界町 | 沖縄県平良市狩俣 20・3・1 豊坂丸被弾沈没 | 沖縄県金武町屋嘉 20・4・1 再編成 | 長崎県長崎市牧島 20・4・10 第三特攻戦隊機密第五号ノ4により隊名変更 |

| | | | | | | | | | | | | | |
|---|---|---|---|---|---|---|---|---|---|---|---|---|---|
| 43 | | 佐藤芳郎 | 乙20三重 | 川棚6次 | 20 | 1 | 8 | 高警府 | | 海没 | | | 20・1・28 北緯32度50分東経122度55分に於て敵潜の雷撃を受け沈没、朝鮮南岸西方約120浬の海面 |
| 44 | 1次 | 三木十郎 | 乙20三重 | 川棚6次 | 20 | 1 | 25 | 大島防 | 奄美大島 久慈 | 20 | 3 | 7 | 鹿児島県大島郡瀬戸内町久慈 20・6・9 三木部隊長以下士官1下士官兵13名戦死、艇11隻破損 部隊長後任渡辺誠（予三）第17震より着任、田中潔第17震に転出 |
| | 2次 | 渡辺誠 | | | | | | | | | | | |
| 45 | | 村山六四郎 | 特乙五 高野山 | 川棚7次 | 20 | 2 | 25 | 鎮海防 | 済州島 城山浦 | 20 | 4 | 9 | 大韓民国 |
| 46 | | 坂口豊幸 | 特乙五 高野山 | 川棚7次 | 20 | 2 | 25 | 舟山島警 | 舟山島 摘若 | 20 | 4 | | 中華人民共和国浙江省舟山島 |
| 47 | | 葛原貞敏 | 乙19三重 | 川棚9次 | 20 | 5 | 5 | 32突 | 鹿児島 新城 | 20 | 5 | 5 | 鹿児島県垂水市新城 |
| 48 | | 藤島芳雄 | 乙19三重 | 川棚9次 | 20 | 5 | 5 | 35突 | 宮崎 土々呂 | 20 | 5 | | 宮崎県延岡市赤水 |
| 49 | | 池田伊織 | 乙19三重 | 川棚9次 | 20 | 5 | 5 | 23突 | 高知 須崎 野見 | 20 | 5 | 10 | 高知県須崎市野見 |
| 50 | | 中平晴敏 | 乙19三重 乙20三重 | 川棚9次 | 20 | 5 | 5 | 23突 | 高知 土佐 宇佐 | 20 | 5 | 10 | 高知県土佐市宇佐 |
| 51 | | 坂本一 | 乙19三重 | 川棚9次 | 20 | 5 | 5 | 16突 | 静岡 南伊豆町 小稲 | 20 | 5 | 5 | 静岡県南伊豆町小稲 湊特攻基地 |
| 52 | | 山岸康市郎 | 乙19三重 | 川棚8次 | 20 | 5 | 10 | 舟山島警 | 舟山列島 泗礁山 | 20 | 8 | 18 | 中華人民共和国 20・5・9 第一陣上海着 20・ 第二陣砲艦沖津にて到着 20・8・ 第三陣備後丸にて到着 |
| 53 | | 井上叔保 | 甲14土浦 1次 | 川棚11次 | 20 | 5 | 25 | 32突 | 鹿児島 長崎鼻 山川 | 20 | 6 | 末 | 鹿児島県山川町 20・8・3 艇受領のため佐世保に向かう 帰路樺島にて終戦 |
| 54 | | 丸井重雄 | 甲14土浦 1次 | 川棚11次 | 20 | 5 | 25 | 33突 | 宮崎 日南 大堂津 | 20 | 6 | 10 | 宮崎県日南市大堂津 |

| | | | | | | | | | | | | |
|---|---|---|---|---|---|---|---|---|---|---|---|---|
| 55 | | 神浦注太 | 甲14土浦 一次 | 川棚 11次 | 20 | 5 | 25 | 12突 | 千葉 鵜原 | 20 | 6 | 5 | 千葉県勝浦市鵜原 |
| 56 | | 岩舘康男 | 甲14土浦 一次 | 川棚 11次 | 20 | 5 | 25 | 11突 | 神奈川 三浦 江奈 | 20 | 6 | 10 | 神奈川県三浦市松輪（紅奈湾） 20・7・20 吉川彰一（整九期）着任 20・8・4 上田惠之助第27震転出 |
| 57 | | 里屋栄一 | 甲13土浦 甲14滋賀 | 川棚 13次 | 20 | 6 | 25 | 16突 | 静岡 下田 和歌浦 | 20 | 7 | 1 | 静岡県下田市 |
| 58 | | 大西　裕 | 甲13土浦 甲14滋賀 | 川棚 13次 | 20 | 6 | 25 | 12突 | 千葉 銚子 外川 | 20 | 7 | 12 | 千葉県銚子市外川町 |
| 59 | | 眞鍋康夫 | 甲13土浦 甲14滋賀 | 川棚 13次 | 20 | 6 | 25 | 18突 | 千葉 館山 波左間 | 20 | 7 | 14 | 千葉県館山市波左間町 |
| 60 | | 大澤龍夫 | 甲13土浦 甲14滋賀 | 川棚 13次 | 20 | 6 | 25 | 13突 | 三重 鳥羽 | 20 | 7 | 1 | 三重県鳥羽市加布良古 |
| 61 | | 高山重喜 | 甲14滋賀 | 川棚 13次 | 20 | 6 | 25 | 32突 | 鹿児島 垂水 | 20 | 7 | 10 | 鹿児島県垂水市 |
| 62 | | 山田恭二 | 甲13上海 甲14滋賀 | 川棚 13次 | 20 | 6 | 25 | 川棚突 | 長崎 上五島 鯛之浦 | 20 | 7 | 8 | 長崎県有川町鯛之浦 基地隊現地着 本隊佐世保待機中終戦 |
| 63 | | 安里芳雄 | 乙19三重 乙20鹿児島 | 川棚 15次 | 20 | 7 | 25 | 32突 | 鹿児島 谷山 | | | | 大崎山（川棚）待機中終戦 |
| 64 | | 武井原夫 | 乙19三重 乙20鹿児島 | 川棚 15次 | 20 | 7 | 25 | 32突 | 鹿児島 垂水 | | | | 鹿児島県垂水市 寺本艇隊長現地基地建設 本隊川棚突撃隊待機中終戦 |
| 65 | | 岩切法雄 | 乙19三重 乙20鹿児島 | 川棚 15次 | 20 | 7 | 25 | 川棚突 | 長崎 京泊 | 20 | 8 | 15 | 長崎県南串山町京泊 自力航行にて現地進出終戦 坪田洋平（海兵七四）着任なし |
| 66 | | 大海幕一機密第五三二號ノ二ニ依リ八月中震洋隊編成竝ニ展開計畫ヨリ削除ス | | | | | | | | | | | 第145震洋隊に編成替 |
| 67 | | 満野　功 | 乙20鹿児島 | 川棚 15次 | 20 | 7 | 25 | 15突 | 静岡 三津浜 | 20 | 8 | 2 | 静岡県沼津市 |
| 68 | | 佐藤武彦 | 甲13奈良 乙20鹿児島 | 川棚 15次 | 20 | 7 | 25 | 12突 | 千葉 笹川 | 20 | 8 | 5 | 千葉県東庄町笹川 |

| 101 | | 西田　馨 | 甲13奈良 | 川棚5次 | 20 | 1 | 18 | 高雄警 | | 海没 | | | 20・1・28 讃岐丸にて北緯33度50分東経122度55分の地点で敵潜の雷撃を受け沈没 |
|---|---|---|---|---|---|---|---|---|---|---|---|---|---|
| 102 | | 佐々木清麿 | 甲13奈良 甲16高雄 | 川棚5次 | 20 | 1 | 18 | 高雄警 | 台湾 淡水 | 20 | 2 | 6 | 台湾台北市北投区関渡里 |
| 103 | | 益田善雄 | 甲13奈良 | 川棚5次 | 20 | 1 | 18 | 海南警 | 海南島 サルモン | 20 | 2 | 5 | 中華人民共和国 戦死二名 |
| 104 | | 加茂和男 | 甲13奈良 | 川棚6次 | 20 | 1 | 25 | 舟山島警 | 舟山島 盤嶼 | 20 | 3 | 5 | 中華人民共和国 盤嶼 |
| 105 | | 横田不二夫 | 甲13奈良 甲16高雄 | 川棚6次 | 20 | 1 | 18 | 高雄警 | 台湾 淡水 | 20 | 2 | 22 | 台湾台北市北投区関渡里 |
| 106 | | 納谷忠司 | 甲13奈良 | 川棚6次 | 20 | 2 | 1 | 川棚突 | 長崎 松島 | 20 | 3 | | 長崎県西彼杵郡大瀬戸町松島 20・4・10 第110震洋隊に変更 |
| | | 浜田　勝 | 特乙五高野山 | 川棚7次 | 20 | 2 | 25 | 32突 | 鹿児島 指宿 | 20 | 6 | 27 | 鹿児島県指宿市 旧第110震 20・4・10部隊変更 |
| 107 | | 前川泰四郎 | 乙20鹿児島 | 川棚6次 | 20 | 1 | 25 | 香港根 | 香港 南丫島 | 20 | 2 | 14 | 香港（英国領） |
| 108 | | 杉田繁春 | 乙20鹿児島 | 川棚6次 | 20 | 1 | 25 | 厦門根 | 厦門 | 20 | 2 | 26 | 中華人民共和国福建省厦門 20・8・16 黒木艇隊長ほか3名戦死 |
| 109 | | 鈴木一彦 | 特乙5高野山 | 川棚7次 | 20 | 2 | 25 | 川棚突 | 長崎 松島 | 20 | 7 | 8 | 長崎県西彼杵郡大瀬戸町 20・3・18 賢洋丸にて海没 20・4・1 再編成（川棚）第八次より補充 |
| 110 | 1次 | 浜田　勝 | 特乙5高野山 | 川棚7次 | 20 | 2 | 25 | 川棚突 | | | | | 20・4・10 第110震と部隊番号入替 |
| | 2次-1 2次-2 | 納谷忠司 | 甲13奈良 | 川棚6次 | 20 | 2 | 1 | 川棚突 | 熊本 天草 茂串 | 20 | 5 | 13 | 熊本県牛深市茂串 20・5・13 天草沖対空戦闘 湯浅艇隊長ほか11名戦死 |

| | | | | | | | | | | | | | |
|---|---|---|---|---|---|---|---|---|---|---|---|---|---|
| 111 | | 後藤三夫 | 特乙6 高野山 | 川棚 7次 | 20 | 2 | 25 | 大島防 | 喜界島 小野津 | 20 | 3 | 7 | 鹿児島県大島郡喜界町 |
| 112 | | 木野誠一 | 特乙6 高野山 | 川棚 7次 | 20 | 2 | 25 | 32突 | 鹿児島 間泊 | 20 | 4 | 12 | 鹿児島県肝属郡佐多町 第一回新城基地に進出せるも爆発事故にて全艇を損失 再度佐世保にて艇受領の後進出 |
| 113 | | 伊藤直國 | 甲13 奈良 | 川棚 5次 | 20 | 1 | 20 | 厦門根 | 厦門 五通 | 20 | 3 | 9 | 中華人民共和国 |
| 114 | 1次 2次 | 竹内宏 | 特乙6 高野山 | 川棚 7次 | 20 | 2 | 25 | 舟山島警 | 舟山列島 裏釣島 | 20 | 3 | 17 | 中華人民共和国 |
| 115 | | 山本賢藏 | 特乙6 高野山 | 川棚 7次 | 20 | 2 | 25 | 舟山島警 | 舟山列島 泗礁山 | 20 | 3 | 20 | 中華人民共和国 |
| 116 | | 磯野昌藏 | 乙19 三重 | 川棚 8次 | 20 | 3 | 25 | 35突 | 宮崎 土々呂 赤水 | 20 | 5 | 16 | 宮崎県延岡市赤水 20・5・16 美々津進出 土々呂転進 |
| 117 | | 小林興 | 乙19 三重 | 川棚 8次 | 20 | 3 | 25 | 33突 | 宮崎 日南 大堂津 | 20 | 5 | 10 | 宮崎県日南市大堂津 20・5・10 油津より大堂津転進 |
| 118 | | 影山士郎 | 乙19 三重 | 川棚 8次 | 20 | 3 | 25 | 34突 | 佐賀 唐津 外津浦 | 20 | 5 | | 佐賀県玄海町外津 |
| 119 | | 田中有久 | 特乙6 高野山 | 川棚 8次 | 20 | 3 | 25 | 鎮海防 | 済州島 西帰浦 | 20 | 4 | 9 | 大韓民国 |
| 120 | | 小野太郎 | 特乙5 特乙6 高野山 | 川棚 8次 | 20 | 3 | 25 | 鎮海防 | 済州島 高山里 | 20 | 4 | 9 | 大韓民国 |
| 121 | | 藤岡宏太 | 乙19 三重 | 川棚 8次 | 20 | 3 | 25 | 35突 | 宮崎 梶木 | 20 | 6 | | 宮崎県日向市梶木 20・4・27 先発隊細島着 20・5・ 本隊細島着 20・6・ 門川転出 |
| 122 | | 隈部堅正 | 特乙5 高野山 | 川棚 8次 | 20 | 3 | 25 | 35突 | 宮崎 日向 美々津 | 20 | 5 | 11 | 宮崎県日向市美々津 20・5・11 美々津進出 |
| 123 | | 近藤重和 | 乙19 三重 | 川棚 9次 | 20 | 5 | 5 | 32突 | 鹿児島 坊津 | 20 | 6 | 27 | 鹿児島県川辺郡坊津町 |

| | | | | | | | | | | | | | |
|---|---|---|---|---|---|---|---|---|---|---|---|---|---|
| 124 | 2次 / 1次 | 有田牧夫 | 特乙5 高野山 | 川棚 8次 | 20 | 5 | 5 | 32突 | 鹿児島 片浦 | 20 | 6 | | 鹿児島県川辺郡笠沙町 20・8・19 暴発事故8名戦死 |
| 125 | | 大串卓三 | 乙19 三重 | 川棚 9次 | 20 | 5 | 5 | 32突 | 鹿児島 聖ヶ浦 | 20 | 5 | 5 | 鹿児島県知覧町聖ヶ浦 |
| 126 | | 青木久正 | 乙19 三重 | 川棚 9次 | 20 | 5 | 5 | 33突 | 宮崎 南郷 外浦 | 20 | 6 | | 宮崎県南那珂郡南郷町 油津より転進 |
| 127 | | 蒔田稔 | 乙19 三重 | 川棚 9次 | 20 | 5 | 5 | 23突 | 高知 御畳瀬 | 20 | 5 | 5 | 高知県高知市 20・7・20 水野信治（整九期）着任 郷野仁（主計少尉）着任 |
| 128 | | 竹中清作 | 乙19 三重 | 川棚 9次 | 20 | 5 | 5 | 23突 | 高知 手結 | 20 | 5 | 10 | 高知県香美郡夜須町 20・7・20 杉村修司（整九期）着任 20・8・16 爆発事故にて戦死111名 |
| 129 | | 佐藤芳郎 | 乙19 三重 | 川棚 8次 | 20 | 5 | 5 | 12突 | 千葉 勝浦 砂子浦 | 20 | 5 | 5 | 千葉県勝浦市砂子浦 |
| 130 | | 橋本是 | 甲14 土浦 1次 | 川棚 11次 | 20 | 5 | 25 | 32突 | 鹿児島 野間池 | 20 | 7 | | 鹿児島県川辺郡笠沙町野間池 基地隊現地7月進出 |
| 131 | | 直井正数 | 甲14 土浦 1次 | 川棚 11次 | 20 | 5 | 25 | 32突 | 鹿児島 川内川口 | 20 | 8 | 13 | 鹿児島県川内市船間島 |
| 132 | | 渡邊國雄 | 甲14 土浦 1次 | 川棚 11次 | 20 | 5 | 25 | 23突 | 高知 土佐清水 | 20 | 6 | 26 | 土佐市清水町越港 |
| 133 | | 飯田政信 | 甲13 奈良 甲14 滋賀 | 川棚 13次 | 20 | 6 | 25 | 32突 | 鹿児島 喜入 | 20 | 7 | 1 | 鹿児島県揖宿郡喜入町 艇受領のため金子實川棚突撃隊 |
| 134 | | 半谷達哉 | 甲14 土浦 1次 | 川棚 11次 | 20 | 5 | 25 | 21突 | 高知 柏島 | 20 | 6 | 26 | 高知県大月町柏島 |

| 隊 | 部隊長 | 出身 | 川棚 | 年 | 月 | 日 | 所属 | 配備地 | 年 | 月 | 日 | 備考 |
|---|---|---|---|---|---|---|---|---|---|---|---|---|
| 135 | 中村太喜三郎 | 甲14 土浦 1次 | 川棚 11次 | 20 | 5 | 25 | 12突 | 千葉 安房小湊 | 20 | 6 | 1 | 千葉県安房郡天津小湊町原井 |
| 136 | 斉木進五 | 甲14 土浦 1次 | 川棚 11次 | 20 | 5 | 25 | 15突 | 静岡 三保 | 20 | 6 | 10 | 静岡県清水市 20・8・10 稲葉茂第27震に転出 |
| 137 | 前野安司 | 甲14 土浦 1次 | 川棚 11次 | 20 | 5 | 25 | 16突 | 静岡 長津呂 | 20 | 6 | 10 | 静岡県南伊豆町 |
| 138 | 渡邊剛州 | 甲14 土浦 1次 | 川棚 11次 | 20 | 5 | 25 | 17突 | 福島 小名浜 | 20 | 6 | 10 | いわき市小名浜下神白 |
| 139 | 田村淑 | 甲13 奈良 甲14 滋賀 | 川棚 13次 | 20 | 6 | 25 | 12突 | 千葉 銚子 | 20 | 7 | 12 | 千葉県銚子市清水町 清水国民学校講堂に本部設置 予定地飯沼 |
| 140 | 柳澤元俊 | 甲13 奈良 甲14 滋賀 | 川棚 13次 | 20 | 6 | 25 | 16突 | 静岡 稲取 | 20 | 7 | 1 | 静岡県東伊豆町稲取 20・8・17 一特戦命により4隻出撃せるも目標を得ず帰投 |
| 141 | 三溝正美 | 甲13 奈良 甲14 滋賀 | 川棚 13次 | 20 | 6 | 25 | 17突 | 福島 小名浜 | 20 | 7 | 10 | いわき市小名浜 |
| 142 | 畠 善光 | 甲13 奈良 甲14 滋賀 | 川棚 13次 | 20 | 6 | 25 | 21突 | 高知 柏浦 | 20 | 7 | 19 | 高知県大月町 |
| 143 | 大内田廣盛 | 甲14 滋賀 | 川棚 13次 | 20 | 6 | 25 | 川棚突 | 熊本 牛深 | 20 | 7 | 10 | 熊本県牛深市茂串 艇受領のため部隊長出張中終戦 |
| 144 | 近松正雄 | 乙19 三重 乙20 鹿児島 | 川棚 15次 | 20 | 7 | 25 | 川棚突 | 熊本 富岡 | 20 | 8 | 1 | 熊本県天草郡苓北町富岡 |
| 145 | 上村 進 | 乙19 三重 乙20 鹿児島 | 川棚 15次 | 20 | 7 | 25 | 22突 | 徳島 阿波橘 | 20 | 8 | 16 | 徳島県阿南市橘町 現地着20・8・15呉潜基地 |
| 146 | 宮澤常雄 | 乙19 三重 乙20 鹿児島 | 川棚 15次 | 20 | 7 | 25 | 14突 | 宮城 宮戸室浜 | 20 | 8 | 10 | 宮城県鳴瀬町 20・8・10 現地進出 一部隊員艇未受領のため8・15 水雷学校にて終戦 |

震洋会　染谷覺二協力

# 震洋隊配備図

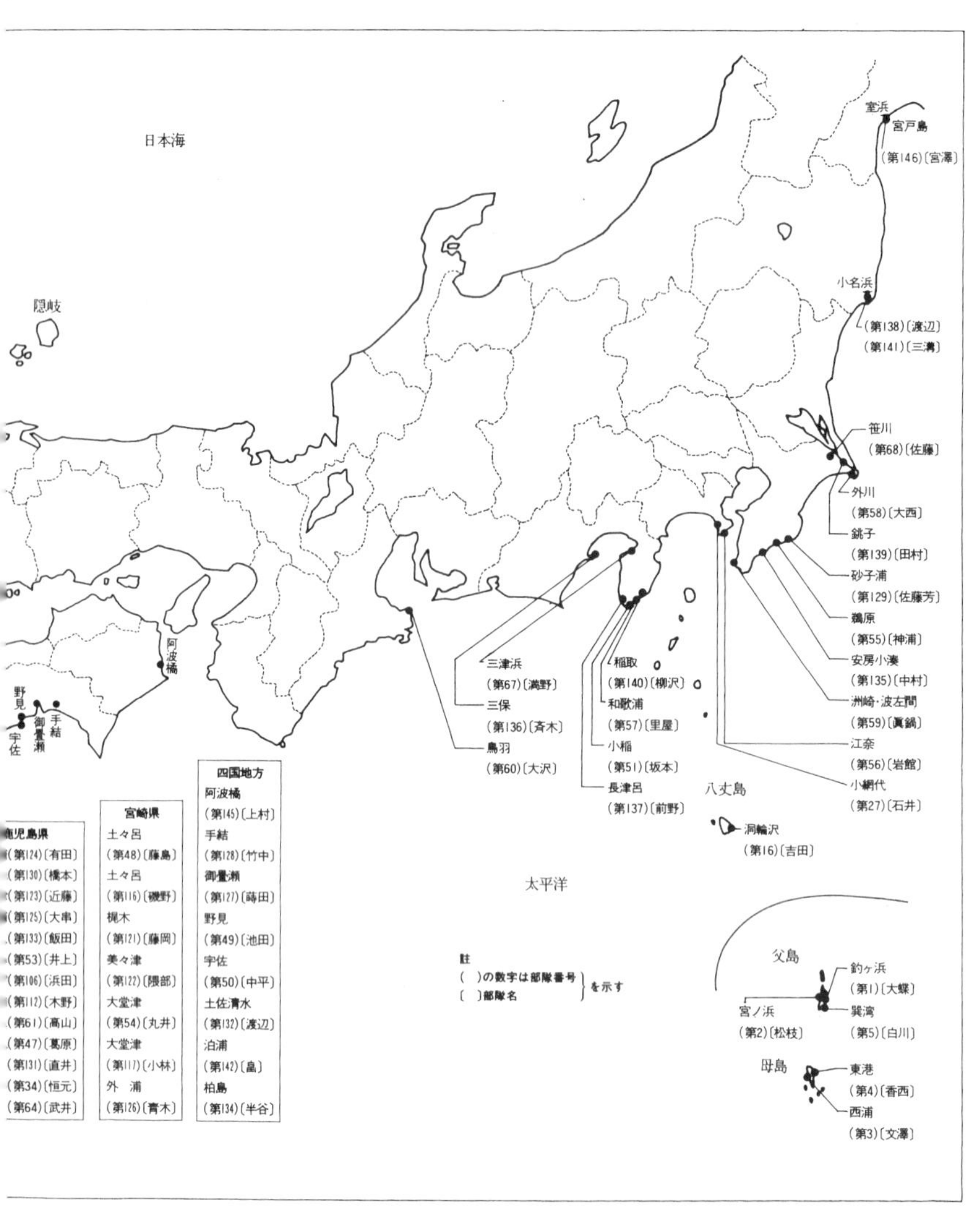

日本海
隠岐
室浜
宮戸島
（第146）〔宮澤〕
小名浜
（第138）〔渡辺〕
（第141）〔三濤〕
笹川
（第68）〔佐藤〕
外川
（第58）〔大西〕
銚子
（第139）〔田村〕
砂子浦
（第129）〔佐藤芳〕
鵜原
（第55）〔神浦〕
安房小湊
（第135）〔中村〕
洲崎・波左間
（第59）〔眞鍋〕
江奈
（第56）〔岩館〕
小網代
（第27）〔石井〕
三津浜
（第67）〔満野〕
三保
（第136）〔斉木〕
鳥羽
（第60）〔大沢〕
稲取
（第140）〔柳沢〕
和歌浦
（第57）〔里屋〕
小稲
（第51）〔坂本〕
長津呂
（第137）〔前野〕
八丈島
洞輪沢
（第16）〔吉田〕
太平洋
阿波橋
野見
御畳瀬
手結
宇佐
父島
釣ヶ浜
（第1）〔大蝶〕
宮ノ浜
（第2）〔松枝〕
巽湾
（第5）〔白川〕
母島
東港
（第4）〔香西〕
西浦
（第3）〔文濹〕
註
（　）の数字は部隊番号
〔　〕部隊名
を示す
鹿児島県
（第124）〔有田〕
（第130）〔橋本〕
（第123）〔近藤〕
（第125）〔大串〕
（第133）〔飯田〕
（第53）〔井上〕
（第106）〔浜田〕
（第112）〔木野〕
（第61）〔高山〕
（第47）〔葛原〕
（第131）〔直井〕
（第34）〔恒元〕
（第64）〔武井〕
宮崎県
土々呂
（第48）〔藤島〕
土々呂
（第116）〔磯野〕
梶木
（第121）〔藤岡〕
美々津
（第122）〔隈部〕
大堂津
（第54）〔丸井〕
大堂津
（第117）〔小林〕
外　浦
（第126）〔青木〕
四国地方
阿波橋
（第145）〔上村〕
手結
（第128）〔竹中〕
御畳瀬
（第127）〔蒔田〕
野見
（第49）〔池田〕
宇佐
（第50）〔中平〕
土佐清水
（第132）〔渡辺〕
泊浦
（第142）〔畠〕
柏島
（第134）〔半谷〕

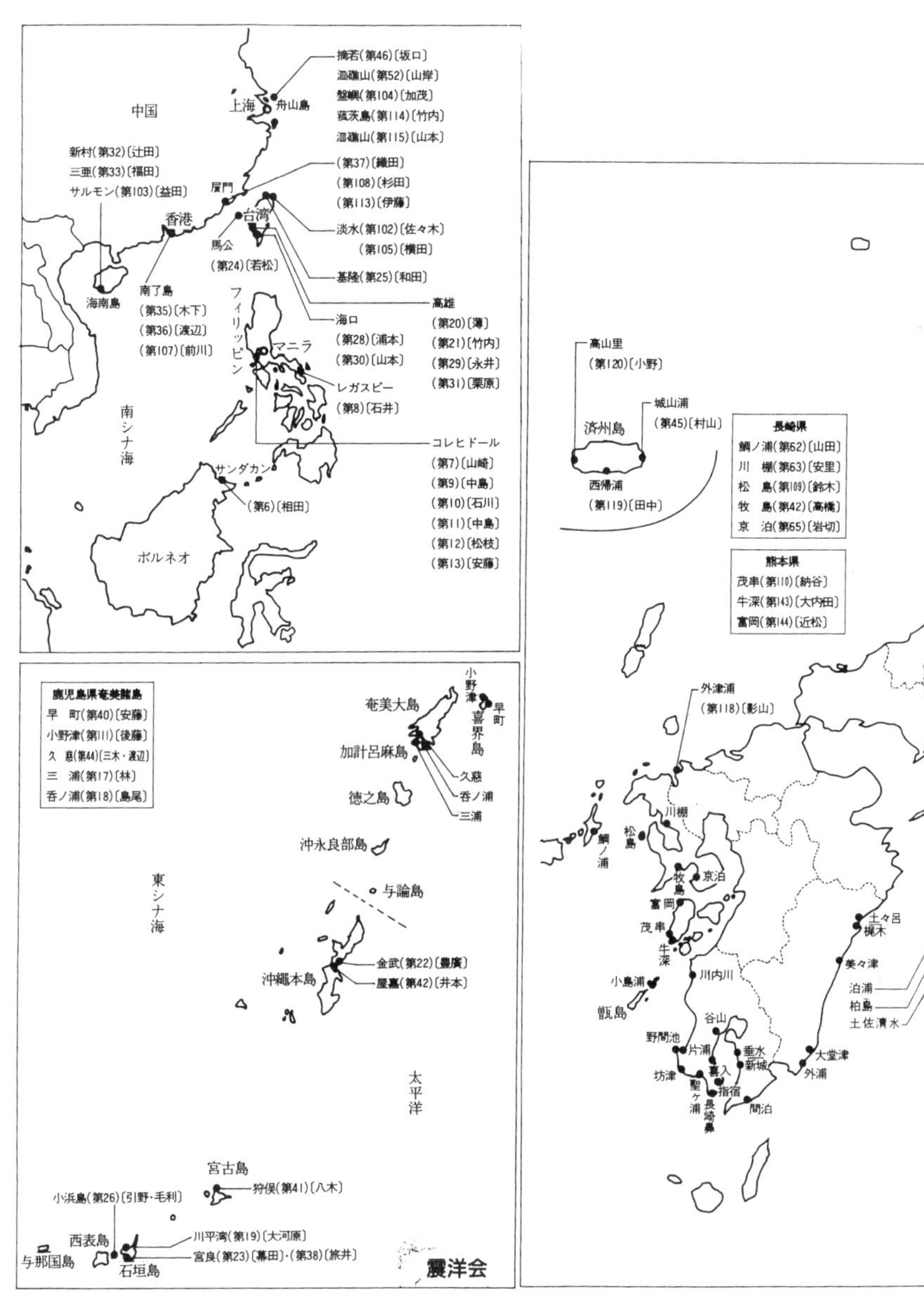
中国
上海
舟山島
摘若(第46)〔坂口〕
泗礁山(第52)〔山岸〕
盤嶼(第104)〔加茂〕
蔵茨島(第114)〔竹内〕
泗礁山(第115)〔山本〕
新村(第32)〔辻田〕
三亜(第33)〔福田〕
サルモン(第103)〔益田〕
厦門
(第37)〔織田〕
(第108)〔杉田〕
(第113)〔伊藤〕
香港
台湾
馬公
(第24)〔若松〕
淡水(第102)〔佐々木〕
(第105)〔横田〕
基隆(第25)〔和田〕
海南島
南了島
(第35)〔木下〕
(第36)〔渡辺〕
(第107)〔前川〕
フィリッピン
マニラ
高雄
(第20)〔薄〕
(第21)〔竹内〕
(第29)〔永井〕
(第31)〔栗原〕
海口
(第28)〔浦本〕
(第30)〔山本〕
レガスピー
(第8)〔石井〕
南シナ海
コレヒドール
(第7)〔山崎〕
(第9)〔中島〕
(第10)〔石川〕
(第11)〔中島〕
(第12)〔松枝〕
(第13)〔安藤〕
サンダカン
(第6)〔相田〕
ボルネオ
高山里
(第120)〔小野〕
城山浦
(第45)〔村山〕
済州島
西帰浦
(第119)〔田中〕
長崎県
鯛ノ浦(第62)〔山田〕
川　棚(第63)〔安里〕
松　島(第109)〔鈴木〕
牧　島(第42)〔高橋〕
京　泊(第65)〔岩切〕
熊本県
茂串(第110)〔納谷〕
牛深(第143)〔大内田〕
富岡(第144)〔近松〕
鹿児島県奄美諸島
早　町(第40)〔安藤〕
小野津(第111)〔後藤〕
久　慈(第44)〔三木・渡辺〕
三　浦(第17)〔林〕
香ノ浦(第18)〔島尾〕
小野津
早町
奄美大島
喜界島
加計呂麻島
久慈
香ノ浦
三浦
徳之島
沖永良部島
与論島
東シナ海
沖縄本島
金武(第22)〔豊廣〕
屋嘉(第42)〔井本〕
太平洋
宮古島
狩俣(第41)〔八木〕
小浜島(第26)〔引野・毛利〕
西表島
与那国島
石垣島
川平湾(第19)〔大河原〕
宮良(第23)〔幕田〕・(第38)〔旅井〕
震洋会
外津浦
(第118)〔影山〕
川棚
松島
鯛ノ浦
牧島
京泊
富岡
茂串
牛深
川内川
小島浦
甑島
谷山
野間池
片浦
垂水
新城
坊津
喜入
聖ヶ浦
指宿
長崎鼻
間泊
土々呂
梶木
美々津
泊浦
柏島
土佐清水
大堂津
外浦

## 飛行予科練習生の採用経過

採用　予科練習生（少年飛行兵）第一期生　昭和五年六月一日

改称　飛行予科練習生　昭和十二年二月

改称　乙種飛行予科練習生（乙飛）　昭和十二年五月　③計画軍備

年齢十五～十七歳、高等小学校卒業程度の者から採用したのが始まりであったが、昭和十六年度八月、年齢を十四～十八歳に改正された。中学卒業程度の教育を行ない、将来、特務士官となすことを目途とした。

新規採用　甲種飛行予科練習生（甲飛）　昭和十二年九月　③計画軍備

年齢十六～二十歳、中学校第四学年第一学期終了程度の者から採用したのが始まりであったが、昭和十六年には中学校第三学年終了程度に、昭和十八年八月五月には年齢を十五歳～二十歳に、昭和十九年四月には中学校第三学年第一学期終了程度に、同年九月にはさらに中学校第二学年終了程度に低下するよう改正された。甲飛は採用後六ヵ年で准士官に進級させ、士官代用配備に充当することを目的としたものである。

丙種飛行予科練習生（丙飛）　昭和十六年四月　④計画軍備

年齢二十三歳以下の国民学校高等科卒業程度の海軍兵から選抜採用した。

乙種飛行予科練習生（特）「乙飛（特）」昭和十八年四月　⑤計画軍備乙飛合格者中年齢十七歳（員数不足するときは十六歳六ヵ月まで低下）以上の者から選抜し、操縦、射撃、偵察、整備のうち一科目を専修するものとし、主として機上作業者とするため、丙飛に準ずる短期教育を行ない、丙飛の不足を補い、質の向上を企図し、また陸海軍の協定による海軍兵徴集員数の飛行兵食い込みを減少することを企図した。

**◎震洋隊配属飛行予科練習生の航空入隊年月日**

| | | |
|---|---|---|
| 第十九期乙種飛行予科練習生 | 三重航空隊 | 昭和十七年十二月一日 |
| 第二十期乙種飛行予科練習生 | 三重航空隊 | 昭和十八年五月一日 |
| 第二十期乙種飛行予科練習生 | 鹿児島航空隊 | 昭和十八年五月一日 |
| 乙飛行予科練習生（特）第五期 | 三重航空隊（高野山分遣隊） | 昭和十八年十二月一日 |
| 第十三期甲種飛行予科練習生 | 土浦航空隊 | 昭和十八年十二月一日 |
| 第十三期甲種飛行予科練習生 | 三重空奈良分遣隊 | 昭和十八年十二月一日 |
| 乙種飛行予科練習生（特）第六期 | 三重航空隊（高野山分遣隊） | 昭和十九年二月一日 |
| 第十四期甲種飛行予科練習生 | 土浦航空隊 | 昭和十九年四月一日 |
| 第十四期甲種飛行予科練習生 | 滋賀航空隊 | 昭和十九年四月一日 |

## ◎震洋隊配置の飛行予科練習生

| 訓練地 | 出身期 | 所属 | 講習始業月日 | 講習次 |
|---|---|---|---|---|
| 水雷学校 | 乙飛19・20期 | 三重 | 昭和十九年九月五日 | 第三次(水) |
| 〃 | 甲飛13期 | 土浦 | 昭和十九年九月十五日 | 第四次(水) |
| 臨時魚雷艇訓練所 | 甲飛13期 | 奈良 | 昭和十九年九月十六日 | 第四次(川) |
| 〃 | 〃 | 〃 | 昭和十九年十月二十五日 | 第五次 |
| 〃 | 〃 | 〃 | 昭和十九年十一月二十五日 | 第六次 |
| 〃 | 乙飛19期 | 三重 | 昭和十九年十一月二十五日 | 同 |
| 〃 | 〃20期 | 鹿児島 | 昭和十九年十一月二十五日 | 同 |
| 〃 | 特乙5・6期 | 高野山 | 昭和十九年十二月二十五日 | 第七次 |
| 〃 | 〃 | 〃 | 昭和二十年一月二十五日 | 第八次 |
| 〃 | 乙飛19・20期 | 三重 | 昭和二十年二月二十六日 | 第九次 |
| 〃 | 甲飛14期 | 土浦 | 昭和二十年三月二十五日 | 第十一次 |
| 〃 | 乙飛14期 | 滋賀 | 昭和二十年四月二十五日 | 第十三次 |
| 〃 | 甲飛20期 | 鹿児島 | 昭和二十年五月二十五日 | 第十五次 |

| 台湾入隊 | 甲飛16期 | 不明 | 昭和二十年 |
|---|---|---|---|

註…甲飛十三期で松山航空隊および上海航空隊出身者の身上その他不明、また終戦間際に各地で編成の航空隊出身者については公式記録なし。

昭和二十年六月一日發電濟

大海參一部
軍務局

軍極秘

横鎮、呉鎮、佐鎮　各ㄗ（GBP1SZ2SZ3SZ4SZ5SZ各ᐅ横、呉、佐各工廠長）

機密第〇一一四三四番電

大海幕一機密第三四九號及第三五七號ニ依ル震洋隊編制中一型隊ノ配属艇數ヲ一型四十四隻五型四隻外ニ豫備艇一型四隻計五十二隻ニ改メラル　（終）

## ◎昭和二十年度震洋整備

| 月別区分 | 震洋一型 | 震洋五型 | 計 |
|---|---|---|---|

| 四 計画 | 四 実績 | 五 計画 | 五 実績 | 六 計画 | 六 実績 | 計 計画 | 計 実績 | 計 達成% | 終戦時迄の数 完成 | 終戦時迄の数 半成 |
|---|---|---|---|---|---|---|---|---|---|---|
| 三〇〇 | 六八 | 四五〇 | 三一六 | 四五〇 | 二八四 | 一二〇〇 | 六六八 | 五六% | 推定約六、一九七 | |
| 一五〇 | 一八一 | 一五〇 | 一六七 | 一五〇 | 一一一 | 四五〇 | 四五九 | 一〇二% | | |
| 四五〇 | 二四九 | 六〇〇 | 四八三 | 六〇〇 | 三九五 | 一、六五〇 | 一、一二七 | | | |

**◎震洋艇一型、五型合計竣工数**

| 月別 | 竣工数 |
|---|---|
| S19・7 | 七五 |
| 8 | 一〇〇 |
| 9 | 七四五 |
| 10 | 七〇〇 |
| 11 | 六五〇 |
| 12 | 六〇〇 |
| S20・1 | 五〇〇 |
| 2 | 五〇〇 |

| 月別 | 3 | 4 | 5 | 6 | 7 | 8 | 合計 |
|---|---|---|---|---|---|---|---|
| 竣工数 | 四〇〇 | 二四九 | 四八三 | 三九五 | 一五〇 | 五〇 | 六、一九七 |

# あとがき

二〇〇一年・二十一世紀に入ってから、いろいろの手記や侍徒の方の日記等が出版されたり、その一部が新聞に載せられたりしました。年表も政治・経済・産業・技術・社会・学術・教育・思想・芸術・国外等に分類され、詳しく出ています。今までは年表など素通りだったのに、この本をまとめるために政治部門だけはよく見ました。一九三六年（昭和十一年）から一九四五年（昭和二十年）までの緊迫した政治の動きと日本の危機・国民の危機が際どいところでまぬがれたことを知り、政治の在り方では国民が知らぬままに動かされていく恐ろしさを感じました。

新聞に掲載された侍従の方の日記の一部（どなたのか切り抜けば良かった）には、天皇陛下は軍部の報告に不審を抱かれ、その侍従に密かに調べさせ、報告をお聴きになると、「やっぱりそうか」とおっしゃり、即座に戦争終結のご意志を固められたとか。天皇の戦争終結の詔書録音盤を、一部の陸軍反乱将校が奪取しようとして失敗。これも本などを読むと、まことに際どかった様子。

年表に「米内光政海相暗殺計画発覚、つづいて右翼の親英派要人暗殺計画発覚」(一九三九年七月五日)とあったので、阿川弘之著『米内光政』を読むと、昭和の海軍上層部の動きが分かると共に、その頃の政治の動きも年表と照らし合わせて頷けるように思います。

その「あとがき」の中にある小泉信三氏の文のごく一部を、抜粋したいと思います。

「(前略)昭和二十年八月太平洋戦争の終結に際し米内海軍大臣が一貫不動平和の聖断を奉じて克くわが国土と生民をその破壊寸前に護ったことは永く日本国民の忘れてはならぬところである。逝去十三年至誠沈勇のこの人今も世にあらばの感を新たにしつつこの文を撰ぶ

昭和三十五年十月　　　　後進　小泉信三」

これは、米内氏逝去後に建てられたブロンズ像の台石に埋めこんだ銅版の文章の一部です。

年表の政治欄を見るだけで精一杯でしたが、それでも疑問がありました。物量豊かな米国の様子は、早くから空襲されたりしている時の私たちの状況からみても察しがつくし、制空権を敵に押さえられていたことも察しがつきます。

そうした中で編成された水上特攻隊震洋は、ベニヤ板のモーターボートにHアルコール

ガソリン（航空機燃料で船には用いない）。元搭乗員の方は、「故障が多かった。だが、兵器の一部でも、人間の自分は操縦に心を込めて敵艦に激突、撃破するつもりだった」と語られます。こうした純粋なお心と尊い生命を思うとき、もっと早く戦争終結は出来なかったのだろうか。

またもし、一九三八年（昭和十三年）十二月三十日、汪兆銘、対日和平声明。その翌年二月二十一日、汪兆銘派の高宗武が日中和平案を携帯して長崎着――と年表にあるこれらが功を奏していたら、その後の日支事変（現在は日中事変という）には拡大せず、さらに太平洋戦争にまでは発展せず、特攻隊なども編成されずにすんだのではないかと思うのは、政治も国際関係のことも皆目分からない私の考えでしょうか。

極秘裏に編成された震洋特攻隊は、海軍上層部でもその存在を知らない人がいたり、基地の地元では終戦後も知らない人がいたそうです。空に水中にと他の特攻隊の活躍が報道される中で、震洋隊は陰の存在として秘密の活動を続け、中には華々しい戦果を挙げながらほとんど全滅していった部隊も在りますが、「震洋」という名の報道はされませんでした。

今は若い人ばかりではなく、多くの人が特攻隊を知らなかったり、無関心になりました。「ああ、特攻隊ね」と簡単に言いのける人もいれば、「自爆ね」とあっさり片づける若い人もいて、とても寂しいし、これではいけないと思いました。知人に震洋隊のことを話しますと、皆関心を持って本に出すことを賛成してくださいました。

今、情勢は激しく変化してきて、憲法第九条の改正の是非、自衛隊の海外派遣の是非など騒然としてきました。イラク派遣が問われている中で、新聞の投書欄に若い女性の投書が載っていました。恋人の自衛官が、「自分は今度イラクに派遣されたから、生きて帰れないかも知れない。だから今、結婚することは出来ない」と言ったというのです。この言葉は、かつての戦争中に出征して行く何人もの青年が言った言葉なのです。こんな言葉を、今また聞こうとは思いませんでした。

松輪の会で一人席にいらした薄井さんに、私の小さい時に見ていた、若い水兵が横に寝転んで駄々っ子のように足ずりしながら、「戦争になんか行きたくないよう。死にたくないよう」と泣いていたのをお話すると、一瞬、顔をくしゃくしゃとされました。その横顔をそっと見ながら、胸がジーンとしました。

三「あきらめしゃんせわしゃ特攻隊よ／若き命を蕾で散らすよ／今じゃ惜しまぬ御国の御盾／泣いてくれるは母さんばっかりよ」

死ぬことが使命だと覚悟はしていても、やっぱり生きたいと思う。でもあきらめよう、特攻隊だから、と自分で自分に言い聞かせる。未来に花開かせる夢も、国のために捨てて死ぬのは惜しまない。と言いつつも、やっぱり恋しい母さんや家族たち。自分が死んだら、母さん泣くだろうな。

搭乗員大野氏のお兄さんも、同じ震洋隊の別部隊。そこで戦時中に歌われていた震洋隊の歌を、帰郷後、口ずさんでいたのを、大野氏が聞き取り、この歌詞に戦後、海軍のラッパと詩吟を付け加えたカセットテープを私にくださいました。出撃命令が下った時は、決然として生を断ち切る潔（いさぎよ）さ。純真で一途な情熱に燃えながらも、十六、七歳の少年らしい素直な思いが胸に響きます。

　中学生たちと四十年余、毎日その弾（はじ）けるばかりの躍動感、ちょっと生意気になったけれども無邪気さを持っている笑顔。思春期ののびのびとした姿に接していました。高校生、二十代と成長するに従い、頼もしくなってきます。

教壇に立って子供たちの顔を眺めながら、訪ねてくる卒業生のそのたびに逞（たくま）しくなる話し振りを聞きながら、この子たち若者を絶対に戦争や戦火に巻き込んではならない。学問半ばで学徒兵として征き死んだ兄や、私を可愛がってくれた若くして海に沈んだ海軍の人たちのようにしたくないと思っていましたが、今またこの特攻隊の少年や青年たちのような人を二度と出してはならないという思いを強くしています。

　これからは、過去のように知らなかった、気がついていたら戦争になっていたというのではなく、一人一人が政治の動きと国外の動きに関心を持ち、自分の意見を持ち、意思表示をしなければ、また過去と同じことを繰り返すかも知れないと案じます。そうした思いからも、この震洋隊のことを、多くの方たちに知っていただきたいと思いました。

「生きていて良かった。この平和の有り難さをしみじみと思う」と語る元搭乗員の方々の言葉を噛み締めて味わいたいと思います。

終わりにのぞみ、序文をはじめ、資料の提供、見直しやいろいろの御教示をいただいた上田恵之助氏や特攻隊の方々、福泉寺元奘住職、宿舎の方々、大学院学生の浅川範之氏という多くの方のお力添えでなんとか本になりましたことを、心から感謝しお礼申し上げます。

残念なのは、執筆いただいたお二人が本の出版に間に合わずご逝去されたことで、申し訳なく存じます。

平成十五年一月十一日　鈴木正二氏　逝去
平成十五年四月三十日　薄井甚一氏　逝去

お二人のご冥福を心からお祈り申し上げます。

木村禮子

〔参考資料〕

「第五十六震洋隊（千代田隊）（岩館部隊）」編成資料／作製者・震洋会会長上田恵之助氏　昭和二十年五月二十五日編成基地配置。昭和二十年九月三日終戦処理接収終了
「人間兵器　震洋特別攻撃隊　震洋会編　荒井志朗監修　（株）図書刊行会」平成二年五月三十日発行
「第十一突撃隊（嵐部隊）終戦処理報告綴」震洋会戦史調査部　十一突嵐第八〇號ノ三　昭和二十年九月六日（防衛研究所図書館資料）
「朝日新聞縮刷版　昭和十七年六月十一日・六月十六日」の分より
「近代日本総合年表」第四版　二〇〇一年十一月二十六日発行　岩波書店編集部　岩波書店
「昭和ニュース事典　昭和17～20年」毎日コミュニケーションズ
「読める年表　日本史」二〇〇三年六月三十日発行　改訂第八版第一刷発行　自由国民社
「米内光政」上・下　阿川弘之著　昭和五十三年十二月二十日発行　新潮社
「昭和を動かした三十人の提督」吉田俊雄著　一九八九年二月十日発行　光人社
「朝日新聞」ほか全国新聞の記載文参照
「写真」――大野・上田・清都・齋藤・佐怒賀各氏と木村・「人間兵器　震洋特別攻撃隊　震洋会編」より

海軍水上特攻隊 震洋
――三浦市松輪にあった第五十六震洋隊岩館部隊の記録

2004年5月29日 第1刷発行

著 者 第五十六震洋隊隊員有志
監 修 上田(かみだ)惠之助
編 者 木村(きむら) 禮子(れいこ)
発行人 浜 正史
発行所 株式会社 元就(げんしゅう)出版社
〒171-0022 東京都豊島区南池袋4-20-9
サンロードビル2F-B
電話 03-3986-7736 FAX 03-3987-2580
振替 00120-3-31078
装 幀 純谷 祥 一
印刷所 中央精版印刷株式会社

※乱丁本・落丁本はお取り替えいたします。


ISBN4-86106-008-7 C0095